Frédéric Lenormand

Comment entrer à l'Académie en évitant les balles

Une enquête de Voltaire

Il n'y a point de génie sans un grain de folie.
Aristote, *Poétique*

PERSONNAGES HISTORIQUES, RÉELS,
VÉRIDIQUES ET AYANT EXISTÉ

FRANÇOIS-MARIE AROUET dit VOLTAIRE, écrivain
EMILIE DU CHATELET, femme de sciences
CLAUDINE DE TENCIN, femme de lettres
ARMAND DU PLESSIS, duc de richelieu
BERNARD DE FONTENELLE, vulgarisateur scientifique
PIERRE DE MARIVAUX, dramaturge
EDME MONGIN, évêque de Bazas
PIERRE-CHARLES ROY, librettiste d'opéra
FRANÇOIS DE MONCRIF, secrétaire général des Postes
CLAUDE-HENRY DE MARVILLE, lieutenant général de police de Paris

CHAPITRE PREMIER

A l'ombre des vieilles filles en fleurs

Voltaire avait beau être un redoutable dramaturge, un historien plein d'imagination, un poète très apprécié à l'heure du digestif, et un vulgarisateur de la physique dont les ouvrages faisaient beaucoup pour l'amusement des vrais savants, un fleuron manquait encore à sa couronne : l'Académie française. Deux fois il avait dû renoncer parce qu'on lui prédisait un échec plus cuisant que les coups de bâton du chevalier de Rohan. Pour se consoler, il avait tâté de l'Académie des Sciences ; après tout, n'était-il pas l'auteur des théories de Newton, au moins dans leur version française ? Par l'effet d'une cabale, sans doute, ces messieurs l'avaient refusé aussi. Il aima mieux persévérer côté Académie française que tenter celle des Beaux-Arts car il chantait comme une cassolette trouée. Non seulement l'espoir faisait vivre, mais, dans son cas, l'espoir promettait l'immortalité.

Aussi bondit-il de joie, le 19 mars 1746, quand il apprit par le courrier que Jean Bouhier, président à mortier du parlement de Dijon, avait rendu son dernier souffle deux jours plus tôt. Il surgit dans le cabinet où Mme du Châtelet, son amie, sa muse, sa conseillère avisée, étudiait la Voie lactée pour un mémoire qu'elle comptait rédiger. Un lutin emperruqué se planta devant sa lunette astronomique.

– Grande nouvelle ! Bouhier est mort !

– Qui ça ?

– On s'en fiche ! Il était de l'Académie ! Ça me fait un fauteuil de libre !

La nature avait horreur du vide, Voltaire aussi. Il fallait de toute urgence combler le néant de ce siège en asseyant ses fesses dessus. On lui avait autrefois refusé les fauteuils des ecclésiastiques, des grands nobles, des maréchaux... Mais Bouhier était parfait : nul ne pourrait lui reprocher de remplacer un magistrat érudit et falot qui ne sortait jamais de sa Bourgogne !

– Je vais enfin être de l'Académie !

– De l'Académie, comme Montesquieu ! Mais pourquoi y tenez-vous tant ?

– Pour qu'on puisse dire : « Comme Voltaire ! »

– Vous valez mieux que ça, mon bon ami. Vous allez déployer une énergie extraordinaire pour vous faire accepter par des gens qui ne veulent pas de vous, et quand vous aurez réussi vous comprendrez que ça n'en valait pas la peine.

Emilie se demanda néanmoins si Voltaire, académicien, ne pourrait pas l'aider à obtenir le soutien de ses collègues des Sciences pour ses travaux sur la physique. Quand on était physicienne sous le règne de Louis XV, aucun appui n'était de trop, on était à peu près seule de son espèce, comme la licorne et le griffon des zoroastriens que « bon ami » évoquait dans son *Zadig*, ce conte qu'il s'apprêtait à publier et à renier en même temps.

Par ailleurs, la poste avait aussi transmis à l'écrivain de nouvelles propositions du roi de Prusse.

– Honnêtes, les propositions ? demanda Emilie.

— Vous connaissez Frédéric, ma chère : le dictionnaire dans lequel il a appris le français ne comportait pas le mot « honnête ».

Il s'agissait d'aller à Berlin distraire le roi par sa conversation et publier librement quelques petits traités contre la monarchie absolue à la française et contre le clergé catholique ; à condition, bien sûr, de ne pas contrarier le monarque absolu allemand et protestant qui régnait à Berlin.

— Je suis invitée aussi ? demanda Emilie.

— Il ne parle pas de vous.

— Entrez donc à l'Académie.

Au choix, Voltaire préférait devenir académicien en France que fou du roi en Prusse, même si ce deuxième emploi était sûrement le mieux payé.

Après l'avoir encouragé à choisir Paris et ses savantes plutôt que d'écouter le chant des sirènes prussiennes, Emilie annonça qu'elle partait pour les Pays-Bas autrichiens[1], où elle devait préparer un procès dont elle espérait un héritage et un titre de princesse. « Princesse belge », cela vous posait en femme d'importance quand vous fréquentiez le château de Versailles, on vous y donnait une meilleure place dans les carrosses de la reine, c'était de quoi faire la nique aux duchesses.

Voltaire songeait déjà aux visites qu'il allait devoir faire pour son élection.

— Vous devriez solliciter Nivelle de La Chaussée, suggéra Emilie : il votera pour vous, c'est un auteur dramatique.

— Vous voulez dire « un dramatique auteur ».

Plutôt que de faire sa cour à d'obscurs dramaturges

---

[1] Aujourd'hui le royaume de Belgique.

forcément moins talentueux que lui, il allait viser directement la personne au-dessus d'eux, celle qui faisait les immortels, celle qui régnait sur l'Académie.

– Je ne crois pas que le roi fera campagne pour vous, objecta Emilie.

– Au-dessus du roi !

– Dieu ? Je croyais que vous étiez en froid.

– Mieux que ça ! Je vais aller voir Claudine de Tencin !

Il y avait deux occasions dans la vie d'un homme où il devait se réfugier dans les jupes d'une femme : à huit ans quand il avait bobo, et plus tard, lorsqu'il se mettait en tête de devenir académicien. Il décida de filer chez elle tout de suite.

– Si vite ?

– Comment ! Il est très tard ! Bouhier est mort depuis quarante-huit heures ! Il ne faut pas laisser refroidir !

L'ambition était un plat qui se mangeait chaud. Qui savait quels intrigants, quels auteurs sans scrupules pouvaient décider de se jeter dans la candidature !

Emilie s'inquiéta un peu de le voir partir chez Mme de Tencin comme on entreprend de conquérir une place-forte.

– Mon bon ami, connaissez-vous les *Réflexions nouvelles sur les femmes* de la marquise de Lambert ? Vous devriez les lire, elle explique comment pense une femme. Cela ne coûte que quinze sols.

– C'est trop cher, dit l'écrivain en posant son tricorne sur sa perruque poudrée.

Il eut tout le trajet vers la rue Vivienne pour se remémorer qui était la faiseuse d'immortels : une célèbre salonnière, une romancière à succès, une épistolière brillante dont les portraits incisifs favorisaient ou, plus souvent, étouffaient dans l'œuf la carrière de ceux qu'elle décriait. Elle brassait dans un style extrêmement plaisant toutes les informations possibles pour raconter le monde des lettres. Mérites, travers, tout devenait drôle et méchant sous la plume de Claudine. Voltaire devait obtenir son aval, non tant pour s'en prévaloir, mais parce qu'il lui serait très difficile de se faire élire contre l'avis de celle qui recevait la plupart de ses futurs confrères chaque mardi et vendredi.

Comme on était jeudi, le champ était libre pour les campagnes philosophiques. Une jeune et jolie servante le conduisit dans un salon où elle le pria de patienter car « Madame était occupée ».

Il devina qu'elle était avec un homme. Certes, il se présentait avant onze heures, ce qui était très tôt pour les rentières. Pour ce qu'il s'en souvenait, Claudine était encore gironde, à près de soixante ans. Qui pouvait être l'heureux élu ? Le prince d'Arenberg ? Le duc de Richelieu ?

Ce ne fut ni un prince ni un duc qu'il vit traverser le corridor à demi nu avec, sur la tête, une perruque carrée d'ecclésiastique, mais un jeune homme bien fait, en caleçon, qui déambulait avec la conviction d'être transparent. La servante courut fermer la porte.

– Monsieur l'abbé est un protégé de Madame, souffla-t-elle au visiteur qui la contemplait avec des yeux ronds.

– Dans ce cas elle devrait lui acheter de quoi se vêtir.

Un amant qui n'était ni prince, ni riche, voilà qui devait être vraiment honteux aux yeux de la Tencin, elle ne donnerait pas d'écho à cette liaison. Personne ne veut être surpris à se gaver de pâté de campagne quand il ne jure que par le foie gras.

La vie de Mme de Tencin était un meilleur roman que ceux qu'elle avait commis. Mise au couvent dès l'enfance pour réserver le patrimoine familial à son frère et à sa sœur, elle en était sortie à vingt-huit ans, au prix d'un procès contre ses parents et d'un scandale dont le bruit avait retenti jusqu'à Rome. Après quoi, pour bien montrer qu'elle n'était pas faite pour la vie religieuse, elle avait couché avec le Régent, avec son premier ministre, avec bien d'autres ; elle avait donné naissance à Jean d'Alembert, qu'elle s'était empressée d'abandonner sur le seuil d'une église. Grâce à ses relations avec les financiers, elle s'était livrée à des spéculations qui l'avaient rendue riche. Sa vie mondaine avait été un chemin de roses jusqu'à ce qu'un de ses amants juge intéressant de se suicider chez elle ; comme il avait confié à son notaire deux documents où le nom de « Tencin » figurait en bonne place, un testament et une accusation d'assassinat, on l'avait mise à la Bastille le temps d'éclaircir tout ça. Claudine avait quand même touché son héritage et, pour donner à son existence un lustre qui lui manquait un peu, elle s'était lancée dans la rédaction de romans sentimentaux, voire un peu lestes, qui avaient fini comme le reste de ses entreprises : dans le succès et les acclamations. Elle avait achevé de redorer son blason en ouvrant son salon à tout ce que Paris possédait de penseurs pas trop à cheval sur la morale, ce qui l'avait conduite à fabriquer des immortels comme d'autres font des bonshommes en pain d'épices, d'où la visite du postulant.

Claudine le rejoignit enfin.

– Pardonnez-moi, j'étais à ma toilette. A mon âge la beauté est un combat.

— Quand avez-vous décrété l'armistice ? demanda-t-il.

Elle ne devait pas s'inquiéter : il s'était diverti à contempler ce qu'il y avait de plus joli chez elle : ses tableaux, ses meubles, son abbé...

— C'est mon cousin.

— J'ai cru que c'était votre bouillotte.

— Ne soyez pas méchant. Je lui donne des conseils pour sa carrière littéraire.

— Quel genre de conseils ?

— Par exemple, je lui conseille de ne pas contrarier les dames qui peuvent beaucoup pour lui, cher ami.

Voltaire vit au mur un portrait du Régent et un autre de son premier ministre, l'abbé Dubois. Elle avait couché avec les deux.

— Ah ! s'exclama-t-il. Que de souvenirs, dans ce salon !

— N'est-ce pas ? Tant d'œuvres ont été lues chez moi avant de passer à la postérité.

— Je pensais plutôt aux petits soupers gaillards de la Régence.

Mme de Tencin se rembrunit.

— Il ne s'est rien passé, sous la Régence. D'ailleurs j'étais trop jeune pour y participer.

— Comment ! Mais vous aviez quitté le couvent depuis longtemps déjà ! Vous aviez renoncé à vos vœux, envoyé votre coiffe par-dessus les moulins, troqué votre robe de nonne pour des jupons de soie ! Je m'en souviens fort bien !

— Vous avez trop de mémoire. A présent, je ne vis plus que pour soutenir les arts.

– Voilà ce qui s'appelle prendre la vie avec philosophie. Quel passé nous avons en commun, vous et moi ! Les petits soupers, la Bastille…

– Pour ma part, je n'ai jamais été bastonnée par le chevalier de Rohan.

– C'est vrai. Et je n'ai jamais été religieuse. Un partout.

– Tout de même, un homme s'est tué pour vous, chez vous en se plaignant de vous, lui rappela Voltaire.

– Ne riez pas de mes malheurs, vous ne savez pas ce qui peut vous arriver.

– Ne regrettez-vous pas, quelquefois d'être restée fille ?

– Jamais. Dans un mariage, l'homme apporte le statut social, la femme apporte le café.

Voltaire décida qu'il était temps d'annoncer le motif de sa visite.

– Si je suis venu vous voir, ma chère amie…

Elle l'arrêta.

– Vous voulez être de l'Académie.

– Vous êtes voyante !

– Non. C'est votre rêve depuis votre première publication et le président Bouhier vient de libérer un fauteuil, je sais faire une addition. Allons ! Ne seriez-vous pas mieux chez vous, à rédiger vos traités ?

– Que voulez vous ! Je suis un solitaire qui ne supporte pas la solitude.

Il se souvenait que Marivaux s'était fait élire en patronnant les jeunes protégés de la Tencin qui envoyaient des pièces à la Comédie-Française. Cela s'appelait un échange de bons procédés.

– Vous avez tant fait d'élections, ma chère ! Marivaux, Montesquieu, Fontenelle…

La Tencin s'exclama.

— Pas Fontenelle ! J'avais huit ans quand il a été élu !

Comme Voltaire restait pensif, elle ajouta :

— Je vous interdis de calculer !

Elle eut un mouvement qui dut être douloureux car elle fit une grimace. Elle semblait fatiguée.

— Si vous avez des rhumatismes, vous devriez aller prendre les eaux à Bourbonne, lui recommanda-t-il. Ça m'a très bien réussi.

— Vous aviez des rhumatismes ?

— Non, un dérangement général des intestins.

Comme il lisait le mot « berk » sur sa figure, il espéra tout à coup qu'elle n'allait pas écrire un petit portrait de lui. Sa manie de révéler les secrets des gens était connue. On partageait ses textes dans tous les salons de France. Il était aussi difficile d'être son ami qu'il était dangereux d'être son ennemi.

— Ne vous inquiétez pas, dit-elle. Chez moi, on tient la franchise pour la suprême vertu de l'esprit.

— Chez moi aussi ! dit Voltaire. On me reproche très souvent ma franchise.

— Vous voulez dire « votre impertinence ».

Pour changer de sujet, il vanta la joliesse des bibelots qui les entouraient. L'appartement était rempli de « menus cadeaux » offerts par des admirateurs ; en fait par ceux dont elle avait encouragé la carrière. Outre les tableaux, les consoles, les draperies, les belles boîtes en porcelaine, la pièce contenait bien plus d'horloges dorées que nécessaire. Claudine n'avait pas besoin de courir les magasins de luxe, tout venait à elle. Voltaire sentit qu'il allait lui aussi devoir mettre la main au portemonnaie. « Elle va me coûter cher, mon élection ! », pensa-t-il.

– Avez-vous besoin de dix cadrans pour savoir l'heure, ma chère ?

– Que voulez-vous... Ce sont des gages de reconnaissance, je serais ingrate de les refuser.

Il compta une horloge par élection. C'était l'occasion de faire une citation de son auteur préféré : lui-même.

– L'univers m'embarrasse, et je ne puis songer que cette horloge existe et n'ait point d'horloger.

– Très joli, dit Claudine. Voici mon conseil pour votre élection, il est gratuit : gardez cette idée pour vous. Elle fâchera les athées, et il y aura bien des horlogers en chasuble pour vous la reprocher.

CHAPITRE DEUXIÈME

*Comment Voltaire arracha ses secrets
à un vieux sphinx.*

Voltaire décida de passer outre les réticences de la Tencin et d'entamer ses visites sans attendre. Il commença par le doyen, Bernard de Fontenelle, quatre-vingt-dix ans ou presque. A cet âge canonique, le bonhomme ne devrait pas être trop difficile à convaincre. Le risque était qu'il décède avant d'avoir pu voter. Le jour du vote, il faudrait aller le chercher en carrosse et lui répéter la consigne pendant le trajet. Fontenelle était le Philémon[2] de la littérature française, l'homme qui ne mourrait jamais. Il donnait du sens au terme d'« immortel ».

Il était le neveu du grand Corneille. Cette parenté lui tenait lieu de père, de mère et de famille, elle éclipsait tout, et comme Fontenelle ne s'était jamais avisé de prendre femme ni d'avoir des enfants, il demeurait, à un âge où d'autres sont arrière-grands-pères, le neveu de Corneille.

Il était connu comme le grand vulgarisateur de la science à l'intention des dames. Voltaire aimait la science, il aimait les dames : il se sentit en droit de se

---

[2] Dans les *Métamorphoses* d'Ovide, Philémon est un vieillard que Zeus change en chêne.

dire son élève.

Fontenelle le reçut dans l'immense bibliothèque où il rangeait les livres qu'il avait réunis sur près d'un siècle. C'était un vieillard chevrotant, indéchiffrable, connu pour son impassibilité, un homme sans expression. Il prétendait que l'absence d'émotions préservait la santé, et son âge lui donnait raison.

– Vous auriez dû nous rejoindre plus tôt, déclara-t-il au visiteur. Cela fait un demi-siècle que je m'amuse à l'Académie.

– Lors des séances du Dictionnaire ?

Fontenelle fit la moue.

– Mon Dieu non ! Ce qui est drôle, c'est de voir tous ces galopins de cinquante ou soixante ans se faire élire, puis de les voir succomber à la première grippe. Depuis que j'y suis, les fauteuils ont tous été pourvus au moins deux fois ! Quel âge avez-vous, mon cher ami ?

Voltaire fit l'effort de féliciter Fontenelle pour son œuvre, ce qui n'était pas sa pente naturelle.

– Je vous en prie, dit le vieil auteur, ne vous fatiguez pas. Si je croyais mes collègues capables de me faire un compliment sincère, je serais une autre sorte d'homme.

Le visiteur constata que son hôte n'était pas du tout gâteux. Quel dommage ! Ce n'était pas le genre de vieillard à qui l'on pouvait dire de signer là. Fontenelle avait encore d'assez bons yeux pour voir à qui allait son vote, et Voltaire n'était pas sûr d'être son candidat idéal.

– Ainsi vous briguez le fauteuil de Bouhier, reprit le mathusalem. Quel véritable érudit c'était ! Savez-vous qu'il parlait plusieurs langues ? Dont l'hébreu !

– Oui, oui, quel grand homme. Il ne faut pas laisser son fauteuil refroidir.

– Je me souviens qu'il a été élu assez jeune. Quel

homme brillant !
– J'ai cinquante et un ans, j'aimerais être élu avant d'en avoir cent.
– Nous avons abandonné en son honneur la règle qui contraignait les académiciens à résider à Paris.
– C'est parfait, je fais de longs séjours en Bourgogne.
– Ah ? Nous ne vous verrons pas souvent, alors ?
Voltaire hésita à répondre, il ne savait si son absence était un argument en sa faveur ou pas.
– Saviez-vous que Bouhier était l'auteur d'un *Mémoire sur la vie de Montaigne* ? demanda Fontenelle.
– Je vous en ferai un sur Montesquieu dès qu'il sera mort. Bon, vous votez pour moi ?
– Le parti dévot a été fort choqué par votre ouvrage, là, vos *Lettres philosophiques*…
Voltaire leva les mains au ciel.
– Ce livre n'est pas de moi ! Je défie quiconque de prouver le contraire !
– Mais vos bisbilles avec l'Eglise sont connues…
– Je suis un bon chrétien ! Le Pape m'adore ! Je veux vivre et mourir pieusement dans le sein de notre Eglise catholique, apostolique et romaine !
Il allait devoir se laver la bouche dès son retour chez lui. Fontenelle l'informa que le poète Pierre-Charles Roy briguait lui aussi ce fauteuil.
– Vous ne pouvez pas l'élire ! s'écria Voltaire. Il a séjourné à la Bastille ! Sa réputation est atroce ! Il raille tout le monde, y compris les académiciens !
– Tandis que vous…
Voltaire sentit qu'il tombait à court d'arguments.
– « Roy », ce n'est pas un nom qui me plaît, je préfère « Tolérance ».

– M. Tolérance, cela n'existe pas, dit Fontenelle.

– C'est pourquoi j'ai encore tant de travail devant moi.

– La reine a de l'estime pour le talent de M. Roy... s'obstina le vieux contradicteur.

– De quoi se mêle-t-elle ? Une Polonaise ! Elle n'entend rien à la littérature française !

Roy avait commis des calotines, de petits ouvrages satiriques en vers. Voltaire se promit de le calotiner sévèrement. Cela commencerait par une élégie en l'honneur de la reine pour la détourner des faux poètes et lui remettre les idées en place.

– Seriez-vous fâché avec M. Roy ? demanda le doyen.

– Hélas ! J'ai cédé à la curiosité : je lui ai demandé s'il avait conscience de sa vacuité. Il ne me parle plus. Je prends ça pour un « non ».

– M. Roy m'a affirmé qu'il avait le soutien de notre amie commune, Mme de Tencin.

Voltaire s'empourpra.

– Comment peut-elle donner la préférence à ce rustre ?

– Je crois que ce rustre a eu des bontés pour elle.

S'il fallait coucher pour arriver, Voltaire allait avoir du mal. Roy était déjà de l'Académie des Inscriptions. C'était déjà bien beau pour un homme comme lui !

– Il est chevalier de l'Ordre de Saint-Michel, dit Fontenelle.

– Eh bien alors ? Que lui faut-il ? Je lui laisse l'ordre de Saint-Machin et je prends l'Académie française ! On ne peut pas tout avoir, quand même !

Il quitta le vieillard sans avoir reçu d'assurances, sans même le début d'une promesse. Ces visites étaient assommantes, on ne lui disait que des horreurs : le talent de Bouhier, les manigances de Roy !

Il fit un détour par la rue Vivienne pour dire deux mots à la Tencin et, surtout, pour l'étrangler à mains nues. La servante Colette lui apprit que Madame était absente. Il y avait donc un Dieu pour les fripouilles ! Il réclama de quoi écrire et laissa un billet rageur qu'il remplit jusqu'à ce qu'il n'y reste plus de place. Le contenu pouvait se comprendre comme des injures et même comme des menaces.

Qu'avait-elle osé lui dire à leur dernière rencontre ? « Chez moi, on tient la franchise pour la suprême vertu de l'esprit. » Gnagnagna ! Menteuse ! Hypocrite ! Il ne connaissait personne capable d'une telle duplicité ! Ah, si, il en connaissait une, mais les écrivains de génie étaient tout excusés.

Quel dommage que les femmes ne puissent prétendre à l'Académie ! La Tencin aurait su ce qu'était la douleur de se voir refusé ! Il avait un plan. « Je me fais élire à l'Académie, je fais changer le règlement pour que les femmes soient admissibles, Claudine se présente, et paf ! je vote contre elle ! je suis vengé ! »

Il eut envie de donner des coups dans quelque chose et se rendit compte qu'il n'avait plus sa canne. Où avait-il pu l'oublier ? Tout fichait le camp. Heureusement qu'il serait bientôt académicien. Mais que cette élection était donc difficile ! Il fallait lutter contre les hommes, contre les femmes ! Si les griffons de *Zadig* avaient existé, nul doute qu'il aurait dû lutter contre eux aussi !

21

CHAPITRE TROISIÈME

*Comment Voltaire combattit l'hydre de Lerne
et poursuivit la reine des Amazones.*

Trois jours plus tard, la campagne électorale battait son plein. Vu le grand nombre d'élections faites par Mme de Tencin et le grand nombre de religieux qui siégeaient, Voltaire allait devoir se concilier au moins l'un de ces deux camps. Il se composa des slogans[3] et les testa sur son ami François de Moncrif, un homme de goût, plein de qualités, et qui, surtout, était déjà académicien.

« Si Dieu n'existait pas, il faudrait l'inventer ! », brailla Voltaire.

– Cela sonne bien, mais ça ne va pas plaire à tout le monde, dit Moncrif.

« Si Dieu nous a faits à son image, nous le lui avons bien rendu ! »

– Non plus.

« Dieu n'a créé les femmes que pour apprivoiser les hommes. »

L'auteur biffa de son propre chef : les femmes ne votaient pas.

– Et puis vous arrivez à insulter les personnes des

---

[3] Un slogan était à l'origine le cri de guerre d'un clan écossais.

deux sexes dans la même phrase, dit Moncrif.
« Mieux vaut hasarder de sauver un coupable plutôt que de condamner un innocent ! »
– Les magistrats vont se sentir visés, ils risquent de vous envoyer cultiver votre jardin.
« Il est à propos que le peuple soit guidé, et non pas qu'il soit instruit ; il n'est pas digne de l'être. »
– Voilà, c'est bien, ça. D'ailleurs, nous autres, académiciens, sommes là pour guider tous ceux qui pratiquent la langue française.
« Le travail éloigne de nous trois grands maux : l'ennui, le vice et le besoin ! »
Moncrif lui conseilla de servir cette maxime aux prélats, elle n'engageait à rien, et la paresse était un péché capital.

Justement, le parti dévot tracassait Voltaire. Il avait dressé une liste des votants liés à l'Eglise d'une façon ou d'une autre. Sa liste remplissait une page. Il avait beau travailler dans les belles lettres, il n'en perdait pas pour autant le sens des chiffres. Cette affluence était décourageante.

Le grammairien Gabriel Gérard, chapelain de la duchesse de Berry, une coureuse notable – on pouvait espérer qu'il ne serait pas trop regardant sur les frasques voltairiennes.

L'abbé de Bernis – au moins celui-là n'était-il pas un imbécile. C'était un poète et un noceur, il entretenait des maîtresses. Par bonheur, on pouvait toujours compter sur un homme de mauvaises mœurs, il finirait certainement cardinal.

Paul d'Albert de Luynes, évêque de Bayeux, était un ancien colonel – il y avait de l'espoir, ce prélat avait eu une vie avant la soutane.

Jean-François du Bellay avait dû renoncer à

prêcher parce qu'il attrapait froid dans les églises. Ses seuls ouvrages étaient deux traductions de l'anglais en vers français pour lesquelles Voltaire l'avait aidé – voilà un vote acquis d'avance ! Et puis ce Du Bellay n'aimait que la littérature étrangère, il n'avait pas lu Voltaire ; et puis il avait été contraint de désavouer ses fameuses traductions parce que leur contenu indisposait les théologiens – un frère !

L'abbé de Giry était sous-précepteur du Dauphin ; entre courtisans, on se comprenait.

Mgr de Soubise, abbé de Saint-Epvre, prince de Murbach, évêque *in partibus* de Ptolémaïde, grand aumônier de France : il était trop occupé à faire carrière dans l'Eglise pour gêner celle de Voltaire dans les belles lettres.

L'abbé de Foncemagne : un enseignant qui ne s'intéressait qu'à l'histoire – tant qu'il ne s'intéressait pas à l'histoire de Voltaire, ça irait ! On lui enverrait *La Henriade*[4].

Jean-François Boyer, évêque de Mirepoix, avait déjà barré l'élection de Voltaire en 1741. Depuis lors, l'écrivain l'appelait « l'âne de Mirepoix ». Il était le titulaire de la feuille des Bénéfices – c'était lui qui répartissait les abbayes entre les religieux qui sollicitaient des revenus ecclésiastiques. Son unique contribution à la littérature était l'invention du billet de confession, un certificat que les fidèles devaient faire ratifier par un curé pour prouver qu'ils n'étaient pas jansénistes. Il était fort occupé à réprimer l'hérésie qui noyautait le royaume. Or on ne pouvait accuser Voltaire d'être janséniste, il ne croyait pas assez en Dieu pour cela.

Joseph Séguy était le prédicateur du roi. Ses

---

[4] Long poème épique de Voltaire sur Henri IV.

œuvres comprenaient un *Panégyrique des saints* et des *Sermons pour les jours du Carême*, tout un programme. Il avait entrepris de mettre la Bible en vers – gageons que ça le retiendrait chez lui le jour du vote. A tout hasard, Voltaire lui écrivit une lettre imbibée de compliments : « Très bonne idée que vous avez eue de versifier la Bible, ça lui donnera du lustre ». Restait à espérer que ce prélat avait l'intention de donner du lustre à la Bible.

L'évêque de Vence, l'évêché le plus éloigné de Paris, était un saint qui avait fondé l'hôpital Saint-Jacques de Vence, auquel il consacrait tous son revenu. Voltaire décida de lui envoyer la liste de ses maladies.

L'abbé Terrasson enseignait la philosophie grecque au Collège royal[5]. Voilà quelqu'un de bien. Il en aurait fallu davantage comme lui, des abbés philosophes. Il avait publié une *Philosophie applicable à tous les objets de l'esprit et de la raison*. Un livre que Voltaire aurait pu écrire. Hop, un vote !

L'abbé Sallier était directeur de la Bibliothèque du Roi[6]. Il donnait des conférences sur Platon, Sophocle, Cicéron... « Il va m'adorer, pensa Voltaire : je suis le nouveau tout ça. »

Pierre Alary, prieur de Gournay, était un ami de Mme du Deffand. C'était dans la poche. Il fréquentait tout ce qui pensait ou écrivait à Paris, probablement pour compenser le fait qu'il s'était fait élire sans avoir jamais rien écrit. Beau parleur, bel homme, mieux que bien avec les dames – on n'allait pas en plus lui demander d'écrire ! Avec ces qualités, il avait été élu à trente-quatre ans, c'était le candidat parfait. Ah ! Que n'aurait-on donné pour être comme l'abbé Alary, la soutane en moins !

---

[5] Aujourd'hui le Collège de France.
[6] Aujourd'hui la Bibliothèque nationale.

L'abbé d'Olivet, traducteur de Démosthène, avait été le professeur de Voltaire chez les jésuites, ils fréquentaient les mêmes salons. Si tous les curés avaient été comme d'Olivet, Voltaire aurait pu envisager de croire en Dieu.

L'archevêque de Sens prêchait la vertu mais collectionnait un nombre ahurissant d'abbayes dont les revenus l'avaient enrichi fabuleusement. Son passe-temps était de publier des catéchismes à l'usage des autres. Jamais il ne voterait pour Voltaire, mais on pouvait l'utiliser différemment. La candidature de Montesquieu lui avait déjà donné des boutons ; cette inimitié pousserait sûrement Montesquieu à voter « Voltaire » afin d'embêter l'évêque. C'était quand même un vote de gagné, par ricochet.

Nicolas Mongault, abbé de Villeneuve était un bâtard que les Colbert avaient donné à l'Eglise pour s'en débarrasser. Il n'était pas dangereux, et de toute façon on le disait mourant. Voltaire allait lui envoyer un mot amical et des pâtisseries. S'il se remettait, il se souviendrait des gâteaux.

L'archevêque de Toulouse. Mourant, lui aussi. Ne viendrait pas voter, la route le tuerait. Il biffa.

Le cardinal de Rohan, prince-évêque de Strasbourg, oncle du Mgr de Soubise cité plus haut. Il était très occupé à inculquer les vertus du catholicisme aux protestants alsaciens et, dans ce but, à faire édifier à leurs frais son bel hôtel de Strasbourg, à faire rebâtir sa splendide résidence de campagne de Saverne, sans oublier son hôtel de Rohan à Paris. La vertu n'a pas de prix.

Avec l'évêque de Bazas, cela faisait dix-neuf religieux ! Ce compte l'effara. L'hydre avait dix-neuf têtes ! Cette Académie était une sacristie ! Vivement qu'il soit élu pour commencer à balayer tout ce monde-

là ! Des philosophes, rien que des philosophes !
— Et quelques dramaturges, non ? dit Moncrif.
— Pourquoi donc ? Il y en a déjà !
Le *vis tragica* était représenté par cet âne de Crébillon et le *vis comica* par Marivaux le prétentieux. Avec Voltaire, immortel auteur de *Merope* et de *L'Envieux*, l'Académie aurait les deux en un, Molière et Racine, deux talents dans un seul fauteuil. Quelle économie pour elle !

Pourtant, en 1742, ces messieurs lui avait préféré Marivaux.

— Marivaux ! Un homme qui a un nom de... un nom de Marivaudage !

Il en vint à se demander si ses confrères du théâtre n'allaient pas lui être encore plus hostiles que les religieux. Au moins, les gens d'Eglise ne lui disputaient pas les applaudissements du public.

Sa situation avait quelque chose d'ironique. Dix-neuf prêtres sur une trentaine de votants ! S'il était élu, ce serait grâce aux curés ! L'Eglise allait faire entrer le loup déiste dans la bergerie catholique. Jusque-là, il allait devoir bêler avec les moutons.

— A quelle heure, la prochaine messe ?

Il écrivit à Rome pour solliciter du Pape un certificat de bonne moralité. Ça motiverait les évêques à voter pour lui.

— Ce qui les motiverait encore plus, dit Moncrif, ce serait une promesse de ne plus écrire d'impiétés.

— Comment, des impiétés ? J'ai composé un poème sur Jeanne d'Arc ! En vingt-cinq chants, tout de même !

— Je connais, on y couche à tout bout de chant, les ivrognes en clament des passages en fin de banquet, sauf aux banquets de première communion.

Il était temps de faire avancer la cause de la philosophe académique, Voltaire avait un rendez-vous avec le duc de Richelieu, qu'il avait proclamé « vainqueur de la bataille de Fontenoy » dans son dernier poème épique – Richelieu lui devait tout ! Si tout allait bien, dans deux ans Richelieu serait nommé maréchal – il pouvait bien nommer Voltaire académicien tout de suite !

L'hôtel de Richelieu était une belle maison sur la place de briques et de pierres bâties sous le règne de Henri IV à la frontière du Marais.

– Ah, cher ami ! dit le duc. Que puis-je pour vous ? J'ai fait jouer vos pièces à la Comédie-Française, je vous ai commandé deux opéras pour le château de Versailles, je vous ai fait attribuer la place d'historiographe de France, le titre de gentilhomme de la chambre du roi, les grandes entrées, et pourtant je sens que vous allez encore me demander quelque chose.

– Je veux être de l'Académie !

– De l'Académie, comme moi. Ne voulez-vous pas être duc, aussi ?

– Je m'adresse à vous comme au digne descendant du fondateur de cette institution !

Le fondateur, c'était le cardinal de Richelieu, ministre de Louis XIII. Le duc descendait de la sœur du cardinal et d'un valet nommé Vignerot.

– Une fois élu, je proposerai de réserver des fauteuils pour nos glorieux militaires ! Votez pour moi !

Le postulant avait fait imprimer son portrait dans une cocarde en papier pour la distribuer à ses admirateurs. On pouvait lire au dos des extraits de ses œuvres les plus fameuses.

Richelieu restait songeur, il avait à l'esprit un problème plus préoccupant que l'élection de Voltaire,

bien que cela fût difficile à imaginer.
— Savez-vous que Mme de Tencin a disparu ? dit-il enfin.
Depuis trois jours nul ne l'avait vue.
— Voyons, dit Voltaire, il y a des tas d'endroits où elle pourrait se trouver... Dans sa campagne de Passy, aux eaux de Bourbonne, à Spa, dans une tour de la Bastille...
Le duc de Richelieu avait fait vérifier tous ces lieux, même le dernier. Les incarcérations étaient conduites sans publicité pour ménager la réputation des familles, mais il avait conservé d'excellentes relations avec le gouverneur depuis son propre séjour. Ce cher homme lui avait assuré que Claudine n'était pas revenue depuis la dernière fois — à son grand regret, d'ailleurs ; les pairs du royaume et les salonnières à la mode rehaussaient le niveau de sa forteresse ; aussi le gouverneur soumettait-il régulièrement à l'administration des listes de personnes qu'il aurait voulu voir dans ses donjons et autour de sa table, mais ce n'était pas lui qui décidait.

Voltaire voulut savoir pourquoi Richelieu était si pressé de revoir Claudine ; pour sa part, son absence ne suscitait en lui nul mouvement de nostalgie, et même il ressentait du côté de l'égo quelque chose qui tenait du soulagement. Elle partie, il n'y avait plus personne pour soutenir la candidature de Pierre-Charles Roy, l'ignoble détritus à qui l'encre de Chine servait à empuantir le monde des lettres.

— C'est que je l'aime beaucoup, ma Claudine, dit Richelieu.

La réponse était sibylline, Voltaire attendit que la vérité sorte du puits où le duc l'avait jetée.

– Bien, j'ai une autre raison de m'inquiéter, admit Sa Seigneurie. Claudine possède des lettres de moi qui pourraient me compromettre, or je souhaite devenir ministre. Elle avait promis de me les restituer. Je suis inquiet de rester sans nouvelles, cela n'est pas normal.

– Je suis sûr qu'elle est allée prendre les eaux, dit Voltaire avec un geste qui rejetait le problème au rayon des banalités.

– Si elle m'a trahi, c'est mon ministère qui est dans le lac. Votre campagne électorale vous donne un bon prétexte pour aller voir des tas de gens de sa connaissance.

– Soupçonneriez-vous un enlèvement sentimental par un académicien ?

– Pourquoi pas ? dit le duc. Ils ne sont pas tous cacochymes, il y en a de fringants. Il y a moi. Retrouvez Claudine, j'aurai mon portefeuille et vous votre fauteuil.

Il paraissait vraiment soucieux.

– J'ai un mauvais pressentiment. Je sens qu'on lui a fait du mal.

– Oh ! fit Voltaire. A une femme si gentille ! Si altruiste ! Si plaisante ! Je me demande bien qui pourrait lui en vouloir.

« A part moi », s'abstint-il d'ajouter.

CHAPITRE QUATRIÈME

*Où Voltaire cultive les amitiés utiles
et les inimitiés dangereuses.*

Voltaire s'était trouvé un appartement commode à Paris : le deuxième étage d'une belle maison à porte cochère située rue Traversière, entre le Palais-Royal et la rue Saint-Honoré. Elle était surtout commode parce que les Du Châtelet habitaient l'étage au-dessous : l'écrivain pouvait ainsi profiter de leurs domestiques, valets, femmes de chambre, et notamment de leur cuisinier ; tout ce petit monde était payé par le marquis, retenu dans son gouvernorat provincial ou à faire la guerre pour le roi tandis que Voltaire faisait l'amour à la marquise pour le plaisir.

Depuis qu'il s'était lancé dans ces visites académiques, il n'avait guère le loisir de s'occuper de nourriture : la tambouille littéraire lui prenait tout son temps. Or, en partant préparer son procès à Bruxelles, Emilie avait emmené son maître queux, sous prétexte qu'elle aurait à recevoir des notables et des avocats. C'était priver Voltaire de son approvisionnement en mets délicats et raffinés. La fille de cuisine qu'elle lui avait laissée avait des ratés : des ratés de porc, des ratés de veau... Elle ne savait bien faire que les ragoûts. Or ne lisait-on pas dans l'*Encyclopédie*, excellent ouvrage, que « les ragoûts sont des espèces de poison » ? Il fallait au locataire des aliments qui ne pèsent pas, mais qui lui donnent la force nécessaire pour monter à l'assaut de cette citadelle littéraire qu'était l'Académie – combien d'orques, de trolls et de sorciers maléfiques aurait-il à combattre avec sa plume, sa verve et son bagou ?

Il choisit un traiteur du quartier versé dans l'art de satisfaire les dîneurs exigeants et un valet lui apporta un repas une heure plus tard. C'était un grand gaillard avec des mains de boulanger, des épaules de meunier et un visage aux rondeurs pâtissières.

– Voici votre commande, Monsieur : tourte de bécasse, pâté de pigeon, potage aux navets et tête de veau en croûte. Si j'osais, je dirais que Monsieur a passé ses ennemis au four.

Un valet de cuisine qui avait de l'esprit !

– Comment t'appelles-tu, mon ami ?

– Je m'appelle Rogatien. J'ai pris sur moi de remplacer la tête de veau par une petite salade de vives[7] : c'est plus léger et l'harmonie générale du menu sera meilleure.

Un valet de cuisine qui respectait l'estomac des philosophes ! et qui se connaissait en harmonie !

– Tu as fort bien fait, je n'aime pas me charger à midi, je somnole sur ma philosophie.

– Si Monsieur le permet, je conseillerai à Monsieur d'abandonner les tourtes, elles me paraissent d'une lourdeur contraire à sa philosophie. Notre saucier réussit une excellente sauce « pauvre homme », je la recommande à Monsieur.

– Merci, je préfère la soupe à l'oseille.

Après avoir disposé les plats devant le maître, Rogatien s'intéressa à la cuisine de Voltaire tandis que ce

---

[7] Petit poisson de mer à la nageoire dorsale venimeuse.

dernier dînait[8]. Il examina depuis les pots jusqu'aux sacs de farine, comme s'il vérifiait que rien n'était périmé. Puis il attendit que le client ait fini, car il devait remporter la vaisselle prêtée par son patron. Lorsque l'écrivain leva les yeux du livre qu'il feuilletait en mangeant, il remarqua que Rogatien guettait la maison d'en face par la fenêtre.

– Que fais-tu, mon ami ?

– Je regarde les voisins de Monsieur. Je n'aimerais pas qu'ils voient ce que mange Monsieur, tout est sujet à commentaires et les gens sont si indiscrets !

Voltaire répondit qu'il n'y avait pas de mal. La maison d'en face était l'hôtel du Panier-fleuri, où se réunissaient une fois par semaine MM. Condillac, Diderot et Rousseau.

– Qui est-ce ?

– Des inconnus.

Auteurs et libraires venaient là pour échanger des informations d'Angleterre, de Hollande et de Suisse. Ces pays fournissaient les vrais renseignements sur la politique française, ceux qu'il était interdit de répandre dans le royaume. Ces messieurs commentaient les affaires de l'Etat en faisant mine de disputer des parties d'échecs. Seul Diderot trouvait grâce aux yeux de Voltaire.

– Il est très bien, ce jeune homme. Le parlement de Paris a ordonné au bourreau de lacérer ses *Pensées philosophiques* : ça me fait des vacances ! Auparavant ce traitement m'était réservé. Du coup, on m'oublie un peu, on pourrait même m'élire à l'Académie ! Je fais figure d'écrivain comme il faut !

Il acheva sa salade de vives, s'essuya la bouche et laissa le valet du traiteur ramasser les plats. Il avait des

---

[8] Déjeunait.

visites à faire.

Hélas, cette proximité avec l'hôtel du Panier-fleuri vous exposait à rencontrer dans la rue les méchants écrivains venus jouer aux échecs. Bien des gens auraient mis le nom de Voltaire après cette définition, mais, pour lui, le déplaisant du moment se nommait Pierre-Charles Roy. Cet homme était comme la pluie, la malchance et le désespoir : il vous tombait dessus sans prévenir.

Ils se saluèrent sur un ton plus glacial que cette Laponie où Maupertuis s'était rendu pour calculer la courbure de la terre.

– Monsieur.

– Monsieur.

Ils gardaient l'un et l'autre à l'esprit des critiques réciproques qui n'étaient flatteuses pour aucun d'eux. L'auteur du *Temple de Gnide* et de *La Princesse d'Elide* n'avait que dédain pour l'auteur du *Temple de la Gloire* et de *La Princesse de Navarre*.

– Vous êtes d'une prétention ahurissante, Monsieur, dit Pierre-Charles Roy.

– A défaut d'être un ahuri, Monsieur, répondit Voltaire.

– Je n'ai pas beaucoup d'estime pour vous.

– Je vais vous dire un secret : vous ne penserez jamais plus de mal de moi que je n'en pense moi-même.

– Je ne crois pas qu'on doive se faire gloire de ses défauts.

– Chez les écrivains, les défauts deviennent des qualités littéraires.

– Vous m'enquiquinez.

– On ne respecte pas ce qu'on ne comprend pas.

– Vous passez les bornes.

– A l'imbécile nul n'est tenu
– Foutographe !
– Gros piffre !

Les injures quittèrent le domaine de la littérature pour aborder des domaines moins gracieux : « Moisi trouvé dans de la paille ! Mine en cul de poêlon ! Vilain moineau de carême ! Mangeur de chrétien ! » Puis l'échange sombra dans une scatologie à faire rougir les charretiers.

– Langue à faire torcher les culs ! Etrangleur d'étrons !
– Graine de couilles ! Bâtard de Paphos[9] !

Tout en poursuivant son chemin, Voltaire se reprocha d'avoir perdu sa sérénité pour un homme qui n'en valait pas la peine. Il n'aimait pas que l'on maltraite ses œuvres : elles n'avaient que lui pour les défendre.

Devant chez Edme Mongin, il consulta son aide-mémoire. Mongin était évêque de Bazas et académicien. Belle réussite pour un roturier natif du village de Baroville, près de Bar-sur-Aube ! Il s'était élevé par ses mérites – ses mérites dans les domaines de la religion, hélas. Bachelier en théologie de la Sorbonne, licencié de la faculté d'Orléans, son emploi de précepteur des fils du prince de Condé l'avait mené tout droit à l'Académie, très friande d'érudits protégés par les princes. En 1715, il avait prononcé l'oraison funèbre de Louis XIV dans la chapelle du Louvre, ce qui représentait sûrement le sommet de sa carrière littéraire. Louis XV l'avait récompensé par l'attribution d'un évêché en Gironde. Il touchait aussi les revenus de l'abbaye de Saint-Martin-d'Autun, qui lui permettaient de vivre dans un luxe, une opulence et un confort que Voltaire put admirer dès la façade ornementée de sa maison.

---

[9] Equivalent de « fils de pute ».

Au serviteur qui lui ouvrit, l'écrivain déclara qu'il avait rendez-vous avec « M. de Bazas », puisque la coutume était de donner aux évêques le nom de leur diocèse.

Il fut introduit dans un salon qui respirait le bien-être et la réussite. M. de Bazas se montra aimable et prévenant, voire même compréhensif. Si les religieux de l'Académie s'étaient souvent acquis une réputation dans les lettres par des traités de piété ou d'histoire, Mongin avait eu la bonne idée de s'abstenir de rien écrire, ce qui avait dispensé Voltaire de consulter des tomes indigestes et très peu essentiels à sa culture.

– Vous avez fait du chemin depuis Baroville ! déclara-t-il en tâtant le moelleux des coussins.

– En effet, je suis passé de l'Aube à la Gironde via Versailles.

– Nous en sommes tous là, dit Voltaire.

Lui-même avait quitté la Sainte-Chapelle, près de laquelle il était né, pour naviguer dans les salons de la Cour sous le commandement de la Pompadour. Ces jours-ci, il aurait bien vu son navire jeter l'ancre au Louvre, terre bénie où l'on vivait en tribus académiques.

– Retournez-vous souvent à Baroville ?

– Jamais, je n'y ai plus personne, à mon âge. Que des souvenirs.

– J'espère pouvoir compter sur votre suffrage, dit Voltaire. Depuis que j'ai décidé de me présenter, je prends garde de n'éclabousser personne dans la rue, de peur qu'il ne s'agisse d'un académicien ! Il faudrait paver la chaussée ou donner aux académicien un uniforme. Le roi impose bien des habits bleus ou rouges à ses courtisans pour les séjours à Fontainebleau ou à Marly ! Pourquoi ne pas habiller les académiciens en vert ?

M. de Bazas se récria.[10]

– Une troupe de petits hommes verts ? Nous serions ridicules ! Et puis le vert ne sied guère au teint des messieurs âgés.

– C'est la couleur de l'espoir.

– Ah, ça, l'espoir est permis à tout le monde.

– Même à moi.

– Tous les espoirs vous sont permis, dit Mongin.

Voltaire prit cela pour la promesse d'une bonne nouvelle le jour du vote.

Puisqu'il avait obtenu ce qu'il voulait, il mit fin à l'entretien. Il était temps d'aller voir si la Tencin n'était pas réapparue. Où était Claudine ? Etait-elle partie aux bains de mer ? Claudine était-elle à la plage ?

Il rencontra en chemin une papeterie qui bradait des plumes d'oie et tout le nécessaire de l'écrivain laborieux. Un client faisait déjà son choix dans la boutique. C'était Marivaux, le dramaturge coupeur de cheveux en quatre ! Voltaire vit l'occasion de lui faire sa cour, ça lui économiserait une visite. Entre confrères, la démarche n'était qu'une formalité !

Malgré ses efforts, Voltaire eut l'impression que Marivaux le battait froid. Il avait en effet un reproche à lui faire.

– Vous avez dit de moi, je cite : « Marivaux, grand compositeur de rien, pesant gravement des œufs de mouche dans des balances en toiles d'araignées. »

– Mais pas du tout ! s'écria l'impétrant. On vous aura mal rapporté mes mots. J'ai dit « mes rivaux » pas « Marivaux ».

– J'en suis aussi.

– Oh, mon cher, nous ne saurions être rivaux, il n'y

---

[10] L'habit vert ne fut adopté qu'en 1801, sous le Consulat.

a aucune comparaison entre nous. Vous êtes là (il leva la main au-dessus de sa tête), et moi je suis ici (il la descendit au niveau de ses genoux). Nos ennemis tentent de nous brouiller, mais peu m'importe du moment que vous votez pour moi.

– Comptez-y ! dit Marivaux.

Sa figure suggérait qu'il ne fallait pas trop y compter, au contraire. D'ailleurs il tourna le dos.

Voltaire était déconfit. Il y avait peu de chances que Marivaux lui accorde son suffrage : son fauteuil était tout ce que ce misérable théâtreux avait de plus que lui. Ce n'était pas avec ses comédies bizarres qu'il allait passer à la postérité. Qui, dans vingt ans, se souviendrait des *Fausses Confidences*, du *Jeu de l'amour et du hasard*, de *La Seconde Surprise de l'amour* ? Tandis que, chez Voltaire, combien de titres éternels ! *Eriphyle, Le Comte de Boursoufle, Alzire ou les Américains* ! Dans un monde bien fait, c'était lui qui aurait dû refuser son vote à Marivaux !

D'abord Roy, puis Marivaux... Il allait devoir s'abstenir de traîner dans ces parages, ils étaient trop mal fréquentés, on n'y croisait que des candidats à l'Académie et d'autres qui n'auraient pas dû en être. Cet environnement était trop brutal pour une personne aussi franche et bienveillante que lui.

CHAPITRE CINQUIÈME

Où l'on découvre que la vie de Claudine est un roman sentimental.

*P*arvenu sans plus d'encombres chez Claudine de Tencin, Voltaire fut introduit dans l'appartement par Colette, la servante. Il en profita pour l'interroger. Quand sa maîtresse s'est-elle absentée ? Avait-elle dit où elle allait ?

Colette avait déjà renseigné M. le duc de Richelieu et plusieurs autres qui étaient venus vendredi, jour de réception, pour découvrir que leur hôtesse n'avait pas prévu de leur servir des petits fours. Elle ignorait tout à fait où était passée Madame. Madame s'en était allée du jour au lendemain, sans prévenir.

– L'avez-vous vue partir ?

Colette avait seulement trouvé la maison vide à son retour du marché, ce qui n'était pas dans les habitudes de sa maîtresse. Voltaire en déduisit que ce départ ressemblait plutôt à une fuite précipitée. Il demanda si Claudine avait rencontré quelqu'un récemment, un monsieur avec qui elle aurait pu avoir envie de séjourner à la campagne.

Colette rougit un peu.

– Oh, non, Monsieur ! Madame a renoncé aux messieurs !

– Ah, oui, c'est vrai : elle a son cousin.

D'après la servante, Madame était fort occupée de l'élection qui s'annonçait. Quand il y avait un fauteuil à pourvoir, elle ne s'éloignait jamais de Paris, c'était un événement qui la passionnait. Plus que l'été ou le printemps, la saison électorale académique était sa préférée. Elle recevait alors plus de monde que d'habitude, tout un tas de messieurs très bien accouraient pour lui faire la conversation, ils apportaient des pâtes de fruit, elle était la reine de la fête.

« La reine des intrigantes, oui ! », songea Voltaire. Il voulut savoir si elle avait révélé quelle candidature elle comptait soutenir. La servante chercha dans sa mémoire.

– Voyons, nous avons eu les bonbons de M. Diderot, les confitures du maréchal des Ormeaux, les calissons de l'évêque d'Aix... Mais je crois que, ce qu'elle a préféré, ce sont les tartelettes de ce monsieur si dévoué qui est venu trois fois, celui avec les gros sourcils broussailleux et la voix sifflante.

– Pierre-Charles Roy ! s'exclama le postulant bafoué. Ce serpent ! Ce cafard ! Ce cloporte ! Cet étron gluant !

– Ah, je vois que Monsieur connaît, dit la servante.

La conversation s'interrompit à l'arrivée d'un beau jeune homme en habit de satin moiré que Voltaire ne reconnut pas tout d'abord. C'était le cousin, l'abbé, vêtu en civil et à la dernière mode, coiffé d'une jolie perruque ébouriffée qui n'aurait sûrement pas reçu l'approbation de l'archevêché.

L'abbé fringant s'adressa à Colette comme si Voltaire n'avait pas été là.

– Dites-moi, ma bonne, vous changerez les draps dans le lit de Madame, je les trouve un peu rêches. Et ajoutez donc un matelas, j'ai le dos fragile.

M. le cousin prenait ses aises chez sa cousine. La servante paraissait scandalisée.

– M. l'abbé veut donc coucher dans la chambre de Madame ?

Il la coupa.

– Ne m'appelez plus comme ça. Appelez-moi simplement « monsieur ». Ou M. Bohémond, si vous voulez.

Il lui pinça la taille. Voltaire en déduisit que le jeune homme ne s'attendait pas à voir sa protectrice pousser la porte du salon à l'improviste, il ne se serait pas risqué à de telles privautés.

L'abbé si peu religieux remarqua enfin la présence du visiteur. Il se présenta comme Bohémond Guérin, cousin de Mme de Tencin.

– Un bien jeune cousin, nota Voltaire. Je vous ai aperçu, il y a quelques jours, vous étiez moins vêtu. Vous êtes en progrès.

Ce prêtre était encore plus indécent en jeune premier qu'en tenue d'Adam.

– Je suis venu voir votre cousine, poursuivit l'écrivain. Sauriez-vous où l'on peut la trouver ?

Bohémond n'en savait rien, Claudine ne l'avait pas prévenu qu'elle comptait s'absenter, il ne l'avait pas vue depuis jeudi. Il quitta le sujet de sa cousine pour en aborder un autre qui lui tenait plus à cœur : lui-même.

– Cher M. de Voltaire, quel heureux hasard ! Je suis écrivain, comme Claudine. Mais je débute.

– Ah, fit Voltaire. Qu'écrivez-vous ? Des traités ? Des romans ?

– Non, des poèmes d'amour. Je suis toujours heureux de rencontrer un collègue.

Se faire appeler « collègue » faisait toujours plaisir quand on était soi-même l'auteur de tant d'ouvrages acclamés depuis tant d'années.

– Vous pourriez sans doute me prodiguer quelques conseils pour ma carrière... dit le poète-abbé-jeune-premier.

– Les miens vous coûteront moins cher que ceux de votre cousine, dit Voltaire. Avez-vous souffert ?

– Je ne sais pas...

– Pour bien décrire les tourments de l'âme humaine, il faut les avoir connus soi-même. Je vous donnerai l'adresse du chevalier de Rohan, ses laquais ont de bons bâtons, ils vous arrangeront ça[11]. A défaut des tourments de l'âme, vous connaîtrez ceux du bas des reins, c'est un début.

Bohémond n'avait jamais rien publié, pas plus qu'il n'avait encore tenté sa chance dans les salons où les gens de lettres donnaient lectures de leurs écrits. En attendant son heure, il touchait un petit bénéfice annuel de cinq cents livres, ce qui lui semblait peu, issu d'un prieuré lointain où il se rendait une fois par an, ce qui lui semblait beaucoup. Combien de grands auteurs étaient réduits à vivoter grâce à de médiocres emplois ! Il avait conçu un vaste projet littéraire qu'il comptait intituler *La Vie privée de Noé dans l'arche*.

– Ça risque de faire plouf, dit Voltaire.

Au reste, M. l'abbé avait sur sa propre vie une opinion désabusée.

---

[11] Voltaire avait commencé à se passionner pour les droits humains après avoir été bastonné sur l'ordre du chevalier de Rohan pour un mot d'esprit.

– Quand j'étais jeune, j'étais frivole, mais aujourd'hui l'âge m'a fait prendre conscience des réalités.

– Quel âge avez-vous ?

– Vingt-six ans. Passer le cap des vingt-cinq vous donne à réfléchir !

Voltaire était d'accord. A cinquante et un ans, il avait lui-même passé de nombreux caps et beaucoup réfléchi. L'abbé lui sembla surtout pressé de faire imprimer une ou deux plaquettes qui serviraient de prétexte à une candidature académique puissamment soutenue par sa cousine. Tant qu'à devenir immortel, autant l'être avant trente ans. Il serait un ajout très décoratif autour de la table, les jours de Dictionnaire. On pourrait même en profiter pour lui en offrir un.

Voltaire ramena la conversation sur l'absence de Claudine. Bohémond n'était pas inquiet. Elle s'en allait souvent sur un coup de tête quand elle avait envie de changer d'environnement. Voltaire se demanda s'il avait devant lui l'environnement dont elle avait voulu changer.

Le jeune abbé consulta l'une des onze horloges dorées et déclara *in abrupto* qu'il était au regret de devoir le quitter.

– Une messe à dire, M. l'abbé ?

– Presque. Je suis attendu à la foire Saint-Germain. Il y a là-bas une foule de pécheurs qui réclament les secours de la foi.

La foire Saint-Germain était un lieu de distraction où M. l'abbé pourrait aisément traquer le vice entre les baraques de cidre et les tréteaux où des filles montraient leurs cuisses. Voltaire n'était pas sûr que ces fredaines le rapprochent de Dieu ou de la littérature ; ni même de l'Académie, le jour où Claudine les apprendrait.

Il profita du départ du jeune homme pour faire le tour de la maison. Où pouvait donc être allée cette coquine ? Il fredonna une chansonnette qui avait fait fureur dans sa jeunesse.

Claudine, c'est sa cousine
Claudine, c'est sa voisine
Quand il s'en va voir sa grand-mère,
Qui habite au bord de la mer,
Il retrouve sa Claudine,
Qui l'emmène au bout de la Terre !

Peut-être était-elle en effet partie au bout du monde : il ne releva aucun signe annonciateur d'un retour prévu. Ni aucune trace de son départ. Il avait beau retourner le contenu des coffres et des armoires, la plupart de ses affaires semblaient là. Seuls manquaient un grand sac de voyage, dont l'absence était visible sur l'étagère d'une armoire, et quelques habits dont il vit les cintres vides.

En revanche, il était évident que le cousin se permettait d'utiliser la chambre de la maîtresse de maison. Les fauteuils étaient recouverts d'un curieux mélange de vêtements féminins et masculins. Le lit était défait et une pipe traînait sur la table de nuit. Ce garçon ne doutait de rien. Claudine ne serait pas ravie de sentir une vieille odeur de tabac sur ses oreillers. Ce jeune abbé avait des mœurs de vieux soldat, il était fait pour la religion comme Voltaire pour chanter des psaumes à la veillée pascale.

Partir sans avertir le personnel ni le joli cousin... Que pouvait fuir une femme comme elle ? Une femme puissante, qui avait affronté tête haute les nombreux obstacles de sa vie, la honte, la prison, le scandale, les désillusions, le mépris, les accouchements clandestins... La solution se présenta comme une évidence. C'était une escapade amoureuse ! Elle avait mis la main sur un amant plus intéressant et avait pris la route avec lui pour jouir de cette idylle en toute discrétion. Qui cela pouvait-il être ? Quelle sorte d'homme, pour qu'elle s'interdise de révéler cette liaison même à la domesticité ? Un duc ? Un prince du sang ? Un mari ? Non : un religieux ! Ne venait-on pas de nommer un nouvel archevêque de Paris ? Jacques de Bellefonds avait la grosse quarantaine, on le disait bel homme – Voltaire n'avait guère pu en juger par lui-même, il n'allait pas à la messe de Notre-Dame ni à aucune autre, et M. de Paris ne se préoccupait des philosophes que pour condamner leurs publications, Diderot en savait quelque chose. Ils faisaient eux et lui échange de bons procédés : ces condamnations vaudraient un jour à Monseigneur une meilleure place au paradis, et elles valaient immédiatement aux auteurs une meilleure place en librairie, sous le comptoir, parmi les ouvrages interdits dont les lecteurs se délectaient.

Claudine, petite friponne ! Soit elle roucoulait en ce moment même dans les bras de Monseigneur, derrière les volets de quelque maison de campagne, soit Voltaire était trahi par son imagination, ce qui ne s'était point produit jusqu'à présent. Il n'avait jamais eu qu'à se louer de ses brillantes facultés de déduction, comme lorsqu'il avait rédigé ce récit sur l'existence de planètes habitées par des géants à huit pieds et à deux têtes, une théorie qui ne manquerait pas de lui valoir l'admiration du genre humain le jour où quelqu'un démontrerait son exactitude.

L'amour, c'était bien beau, mais Claudine laissait sa candidature sur le sable. Ce n'était pas avec des suppositions sur la vie privée de l'archevêque qu'il allait convaincre Richelieu de lui attribuer le fauteuil. D'autant que la nouvelle risquait de ne guère réjouir le duc : il avait été doublé par un archevêque ! Dans quel repaire cachait-elle ses turpitudes ? On pourrait peut-être l'y débusquer afin de la convaincre de retourner à ses devoirs, qui étaient de faire couronner de lauriers le meilleur écrivain du temps.

Voltaire explora le secrétaire sur lequel Claudine rédigeait sa correspondance. Elle prenait copie de ses meilleures lettres pour les donner à lire autour d'elle. Selon ce qu'il avait sous les yeux, elle avait écrit la dernière le jeudi. Personne ne l'avait vue vendredi. On était au début du printemps, il faisait humide et frais. Or son beau manteau doublé de martre était resté dans la penderie. L'archevêque lui avait-il offert une pelisse payée par les fidèles ?

Ces lettres offraient un panorama complet de la vie de leur auteur : Claudine à l'école, Claudine à Paris, Claudine en ménage... Il n'en manquait qu'une pour conclure ses aventures récentes : Claudine s'en va.

En fouillant plus profondément, il trouva un testament marqué « Document confidentiel » qu'il s'empressa de consulter. Claudine léguait l'ensemble de ses biens à son cousin Bohémond. L'acte notarié était daté d'un mois.

Cette bonne nouvelle pouvait devenir fâcheuse pour M. l'abbé au cas où la chère cousine ne réapparaîtrait pas dans un délai assez bref, de préférence avant que ces messieurs du Châtelet ne s'avisent de qualifier son absence de « disparition inquiétante » et le récipiendaire de « suspect potentiel ». Par ailleurs cette promesse d'argent pouvait se changer en une promesse de gros ennuis si Claudine découvrait à son retour que son protégé avait couru le guilledou avec tous les cotillons de la foire Saint-Germain. A la place du jeune homme, Voltaire aurait donné un grand coup de balai dans la maison et dans sa vie. M. l'abbé aurait été bien avisé de se garantir contre le risque de déplaire. Les testaments étaient faits pour apporter la fortune, mais ils pouvaient être source de tracas inopinés.

Ce document n'était pas la seule corne d'abondance de la maison. A l'intérieur d'un tiroir qui fermait à clé – mais dont la serrure n'était pas de force à résister aux enquêteurs philosophiques qui avaient la morale pour eux – il trouva une cassette remplie à ras bord de doublons d'or. « C'est la caverne d'Ali Baba, ici ! » Un trésor, une houri mystérieuse, capable de faire la danse du ventre devant les académiciens, une fuite en tapis volant, un fauteuil qui rend immortel, un génie – lui-même... On était en plein dans les *Mille et Une Nuits* ! Que ne possédait-il une lampe merveilleuse qui exauce des vœux ! Il aurait su exactement quoi lui demander.

Avant de s'en aller, il explora cet antre jusqu'à la cuisine où la servante, assise sur chaise paillée, les bras ballants, attendait le retour de sa patronne.

– Dis-moi, ma charmante. L'abbé dort dans le lit de ta maîtresse, il fume dans sa chambre, il a des espérances sur sa fortune... Ne l'aurait-il pas épousée en secret ?

– Oh, Monsieur ! répondit Colette. Madame n'épouserait jamais un homme qui... un homme que...

– Un homme sans rang ni fortune ?

– Je voulais dire : un homme qui a l'âge d'être son fils !

D'un autre côté, elle n'en était plus à un scandale près.

– Et cet or, dans sa cassette, d'où vient-il ?

Colette expliqua que Madame recevait depuis des années des sommes qui lui étaient payées sous cette forme. Comme elle n'avait guère l'usage de ces pièces, elle les entassait dans un tiroir où elle puisait à l'occasion. La servante ignorait d'où elle tirait ce revenu, mais elle avait entendu plusieurs fois Madame et son cousin rire du monsieur qui les lui apportait.

Elle parut hésiter, dressa l'oreille pour vérifier qu'ils étaient bien seuls dans l'appartement, et ajouta à voix basse :

– Je crois que M. l'abbé s'est servi quelquefois dans la cassette. Madame s'est plainte à moi d'avoir vu le niveau des pièces diminuer. Jamais je ne me serais permis d'y toucher, il faut que ce soit le jeune monsieur. J'ai eu l'impression que Madame était du même avis. Moi, j'aurais trop peur d'être dénoncée pour vol à la justice, tandis qu'un homme d'Eglise... Un abbé ne saurait être soupçonné...

– Oui, dit Voltaire, c'est pourquoi ils ne se gênent pas. Quand s'en est-elle aperçue ?

– Ma foi... Je dirais trois jours avant son départ en voyage...

– Son départ en voyage..., répéta l'écrivain.

Ainsi donc, Bohémond piochait dans la caisse. Le lui avait-elle reproché ? S'étaient-ils disputés à ce sujet ? Aurait-elle pu vouloir le déshériter ? Que de turpitudes et de duplicité dans cette antichambre de la gloire littéraire ! Voltaire s'en alla comme on quitte Sodome : sans se retourner.

La nuit était survenue pendant qu'il cuisinait la servante. Un crachin déplaisant tombait sur la ville. On n'y voyait rien, la rue était déserte. N'ayant aucune envie de regagner son domicile à pied, il se posta à un carrefour pour guetter les fiacres. Il entendit un bruit de pas. Le piétinement se rapprochait. Quelqu'un arrivait dans son dos. C'était contrariant, l'inconnu et lui allaient se disputer la première voiture à passer. Il jeta un coup d'œil derrière lui. Une forme sombre marchait à sa rencontre.

Il y eut un bruit de sabots du côté opposé. Une voiture attelée approchait. Un fiacre !

– Hep ! Cocher ! cria Voltaire.

L'homme tira sur les rênes de son cheval. Pourtant, la voiture n'était pas vide, un visage apparut à la portière. Voltaire reconnut Rogatien, le valet du traiteur, sans doute en livraison.

– Quelle bonne surprise ! dit l'écrivain en grimpant à l'intérieur. Vous êtes mon ange gardien !

– Je le crois aussi, dit Rogatien en jetant un coup d'œil à l'ombre qui s'était immobilisée sous un porche.

– Je suis bien heureux de ne pas rester sur le pavé, ajouta Voltaire, une fois assis sur la banquette. Cette pluie fine a de quoi vous causer du dépit.

L'expression que contemplait Rogatien sur la figure de l'ombre embusquée évoquait plutôt le dépit du chasseur dont la proie s'envole à tire-d'aile.

– Et puis les rues ne sont pas sûres. Un instant, j'ai eu l'impression qu'on me suivait, savez-vous.

Il allait devoir se surveiller, il avait tendance à se croire au centre de tout – c'était un défaut difficile à combattre, surtout quand on y était vraiment.

CHAPITRE SIXIÈME

*Comment Voltaire s'en fut consulter un aigle
pour se venger d'un crapaud.*

À son réveil, le lendemain matin, Voltaire vit qu'un feuillet avait été glissé sous la porte de son logement. Il le ramassa avec un sentiment de délicieuse expectative. Qu'était-ce donc ? Lettre d'admiratrice ? Soutien spontané en faveur de son élection ? Pétition surprise pour l'attribution des fauteuils libres aux postérieurs philosophiques qui cherchaient une position assise ?

C'était un libelle contre lui ! On pouvait tirer trois conclusions de cet incident. D'abord, il existait encore des gens qui ne l'aimaient guère, ce qui montrait bien qu'on n'était pas dans le meilleur des mondes possibles ; ensuite, le fauteur d'injures connaissait son adresse, détail inquiétant ; enfin, le portier de la maison allait recevoir une semonce d'anthologie pour lui apprendre à barrer l'accès aux importuns.

Ce torchon avait été imprimé, le rédacteur avait donc l'intention de donner à son œuvre une large diffusion, d'autres dessous de porte allaient recevoir leur exemplaire. Surprise, il était signé ! Son détracteur avait l'audace d'assumer ses mensonges, ce qui n'avait rien d'étonnant de la part d'un paltoquet tel que Pierre-

Charles Roy, ce choléra de la pensée rationnelle. Voltaire, au contraire, possédait à merveille l'art de publier sans indiquer son nom ; il allait se charger de démontrer à M. Roy l'utilité de l'anonymat.

Les ordures qui maculaient cette feuille de chou visaient à entraver l'élection du prince des philosophes. On y lisait que le postulant aurait dû se faire élire du temps de sa jeunesse, avant de sombrer dans les travers qu'on lui connaissait aujourd'hui. Roy lui prêtait les péchés capitaux, tous les sept. L'avarice à cause de cette vieille rumeur selon laquelle il aurait triché à la loterie pour se procurer son premier million, une accusation d'autant plus révoltante qu'elle était vraie – il n'y avait pas tant de moyens de faire fortune quand on était un jeune écrivain allergique aux compromis. Roy lui attribuait le péché d'orgueil en raison de ses publications « prétendument » scientifiques ; la colère pour ses disputes continuelles avec les gens de lettres – quel mensonge éhonté ! Pour justifier le péché de luxure, Roy se permettait de lui supposer un nombre de maîtresses très exagéré. Il citait la célèbre comédienne Adrienne Lecouvreur, ce qui fit particulièrement de la peine au dramaturge, car c'était la femme qu'il avait le plus aimée jusqu'à sa rencontre avec Emilie.

« Oh, mais il y a des dessins ! » constata le lecteur. Deux illustrations évoquaient des fables de La Fontaine : celle du geai paré des plumes du paon, qui visait les plagiaires, et celle de la grenouille qui se gonfle pour ressembler au bœuf – les envieux.

Voltaire faillit en avaler son bonnet de nuit. Un libelle et des caricatures ! Il allait répliquer par des mercuriales et des philippiques ! Quel mal y avait-il à être vaniteux, tant qu'on l'était avec élégance ? La vanité exigeait du talent. L'important était d'avoir les moyens de ses défauts. La modestie était une vertu inventée par les médiocres qui ne voulaient pas entendre parler des qualités des autres.

– N'êtes-vous pas censé prendre la chose avec philosophie ? demanda un valet de chambre des voisins d'en dessous qui le voyait passer de pièce en pièce, ce papier à la main

– Absolument ! répondit l'écrivain.

Il allait marteler la figure de M. Roy avec des gifles philosophiques. Même gonflée d'orgueil, une grenouille valait mieux qu'un crapaud ; on le lui ferait bien voir. Il manquait à la collection de M. Roy la fable préférée de son adversaire, *Le Loup et l'agneau*. La raison du plus fort était toujours la meilleure, Voltaire l'allait montrer tout à l'heure.

Cette attaque méprisable lui donnait une raison supplémentaire de s'adresser à la police, en plus de cette histoire de disparition vaguement inquiétante. Mieux valait s'adresser au Bon Dieu qu'à ses commissaires, aussi Voltaire s'en fut-il directement voir M. de Marville, le lieutenant général, en sa forteresse du Châtelet qui servait à abriter les forces de police et à enlaidir les bords de Seine en plein cœur de Paris. C'était une austère bâtisse médiévale surmontée de tours pointues. Voltaire résolut de monter déranger l'aigle qui avait là-bas son nid.

Il était en terrain connu, ayant beaucoup fréquenté le prédécesseur et beau-père de M. de Marville, René Hérault, trop tôt retiré à l'affection de ses administrés par un désir soudain de retraite anticipée. Le retraité n'avait trouvé grâce aux yeux de Voltaire qu'au jour de son départ, de même qu'une étrange conformation de la mémoire nous porte à regretter notre jeunesse, malgré les boutons d'acnés et toutes sortes de désagréments que le temps efface ou enjolive dans nos souvenirs.

– Quel homme précieux nous avions là ! dit-il au remplaçant. Je le regrette tous les jours ! Quand je reçois des injures ! des menaces ! des écrits diffamatoires ! Combien de fois m'a-t-il été utile, cet homme !

M. Marville n'en doutait pas. C'était son tour d'être utile et même précieux. S'il avait confondu son emploi avec une sinécure, Voltaire se chargeait très souvent de le détromper.

– Je sais tout cela, répondit le policier en chef. Vous avez usé mon beau-père jusqu'à la corde. Il devait accomplir deux tâches de front : maintenir l'ordre dans la capitale et s'occuper de vous, de vos publications, de vos soucis, de vos procès... Il s'est retiré à la campagne, mais c'était trop tard, vous l'avez tué.

René Hérault était mort six mois après sa démission, à l'âge très peu avancé de quarante-neuf ans. Son gendre avait hérité la lieutenance comme on reprend une épicerie, mais n'avait pas l'intention de suivre le même chemin. Hérault l'avait choisi pour remplaçant afin de le remercier d'avoir épousé sa fille, mais Marville ne s'était pas marié pour sacrifier sa santé aux exigences d'un écrivain qui était l'objet à lui seul de la moitié des plaintes qu'il recevait, soit déposées par le trublion, soit contre lui. Depuis sept ans qu'il était en poste, Marville n'avait pas encore inventé la bonne méthode pour se préserver des inconvénients voltairiens. Cela l'inquiétait beaucoup, c'était la maladie dont était mort beau-papa : une voltairite aiguë. Le traitement se faisait attendre. La mise à l'écart du miasme voltairien à la Bastille ou son anéantissement à coups de bâton avaient échoué. Depuis lors, Marville prenait son mal en patience.

– Que puis-je pour vous être agréable ? demanda-t-il à contrecœur au lutin emperruqué qui avait réussi à se faire nommer historiographe de France.

En premier lieu, Voltaire désirait déposer une plainte pour diffamation.

– Tiens ! Mais c'est la première fois ce mois-ci ! Vous avez été souffrant ?

Les nobles ne posaient pas tant de difficultés : ils se battaient en duel, l'un des deux bretteurs restait sur le carreau, il ne restait qu'à arrêter le survivant. Par malheur, la race écrivante avait des mœurs plus compliquées. D'une main ces messieurs signaient des protestations contre leurs ennemis, de l'autre ils rédigeaient des pamphlets qui étaient l'exact équivalent de ce qu'ils reprochaient aux autres.

– N'avez-vous pas vous-même écrit contre ce monsieur ? demanda Marville.

Voltaire sentit que la conversation, jusqu'ici polie et de bon ton, dérivait dans une direction qui lui était moins agréable. L'heure était venue de discuter disparitions impromptues ; celle de Claudine de Tencin, par exemple.

– Cher ami, savez-vous que je me présente à l'Académie ? dit-il à Marville.

– Et en quoi cela me concerne-t-il ? répondit ce dernier, qui avait signé pour un emploi incluant la vérification des poids et mesures sur les marchés, non la vérification des bulletins de vote au sein des sociétés confraternelles.

Le visiteur répondit qu'il était concerné en cela que l'élection était suspendue jusqu'au retour de Mme de Tencin, dont nul ne savait où elle était.

– Vous qui êtes les yeux et les oreilles du roi dans la capitale, vous aurez peut-être appris le fin mot de l'affaire ?

Marville n'était au courant de rien.

– Quelqu'un a réglé son compte à la Tencin ? Il n'était que temps ! Cette femme est la criminelle la plus habile que je connaisse. Et pourtant je fréquente la Cour de façon hebdomadaire !

Voltaire souhaitait voir diligenter des recherches pour retrouver la Tencin, quelle que soit l'opinion qu'on avait d'elle dans ce donjon. Il rappela qu'il était au mieux avec Mme de Pompadour, la favorite royale.

L'information n'impressionna guère le policier en chef. Il voyait assez souvent le roi pour savoir à quoi s'en tenir. Sa Majesté ne cachait pas son dédain envers le petit écrivain irrévérencieux qui se permettait de faire la leçon à qui voulait l'entendre et de pointer les défauts de tout le monde sauf les siens. Hélas, que pesait un roi face à une favorite au sommet de son charme ? Que pèserait-il quand la marquise défendrait l'hurluberlu à qui elle avait déjà fait attribuer la charge d'historiographe de la Couronne ? Telle la mauvaise herbe, cette engeance poussait à l'ombre des grands chênes dont le tronc massif la protégeait des tempêtes.

N'était-ce pas là précisément la chance du lieutenant général ? Marville entrevit soudain le remède à tous ses maux. Un grand serviteur du roi tel que lui ne pouvait renoncer à sa charge à moins d'avoir été déclaré mourant par la Faculté. Mais il pouvait être démis. Il ne lui restait plus qu'à trouver moyen de déplaire à la favorite, Mme de Pompadour ne manquerait pas de faire nommer à sa place quelque affidé sur qui retomberait la calamité en bas blancs nommée Voltaire.

Plutôt que d'écouter le lutin pérorer sur ses ennuis personnels, Marville chercha en son for intérieur le moyen de déplaire. Il allait diligenter des enquêtes sur les rumeurs déplaisantes qui couraient au sujet de la Pompadour, ça leur donnerait de l'écho, on n'entendrait plus dans Paris que des injures et le nom de la marquise.

Il allait lui mettre sous les yeux tous les libelles orduriers que ses inspecteurs ramassaient à travers la ville. Après six mois de ce régime, elle ne pourrait plus voir le policier en peinture. A lui la retraite dorée au Conseil d'Etat ! De la paperasserie, des comptes à viser, des réunions interminables avec des magistrats... Le bonheur !

– Dites, vous m'écoutez ? demanda l'importun.

Marville promit de lui révéler sous peu où se cachait la Tencin et se promit à lui-même de n'en rien faire. Autant demander à l'âne de tisser la corde avec laquelle on compte le tirer sur des chemins pentus, le dos chargé de pierres. Marville entrevoyait au contraire un avenir paisible de conseiller d'Etat qui lui permettrait de survivre à maintes favorites et, si possible, à quelques rois. Il allait commencer par s'infliger une corvée qui lui pèserait peu : nuire à un philosophe.

Ils se serrèrent la main avec de francs sourires pour sceller un pacte dont aucun d'eux n'avait l'intention de respecter le premier mot.

CHAPITRE SEPTIÈME

*Où l'on voit que la philosophie
fait toujours recette.*

Voltaire remarqua qu'il était suivi par un marchand de balais – cet homme hérissé de brosses et de manches ne passait pas inaperçu. Il ne s'en inquiéta pas : la ville était encombrée de ces petits métiers qui faisaient des rues de Paris un magasin à ciel ouvert.

De son côté, l'assassin s'était d'abord félicité de son déguisement. Ces outils ménagers étaient autant d'armes, il avait hâte de brosser à mort sa victime ou de la balayer de la chaussée dès qu'ils emprunteraient une rue sombre. Mais il se maudissait à présent d'avoir à transporter un attirail pesant qui permettait à ce petit bonhomme de le distancer sans peine. Le marchand de brosses soufflait et suait à force de presser le pas. Aussi était-il assez éloigné de sa cible quand il vit un valet muni d'un grand sac l'aborder.

Le futur assassiné ouvrit les bras. C'était Rogatien qui arrivait, le sauveur des estomacs philosophiques.

– Ah ! Mon père nourricier ! dit Voltaire. Que m'apportez-vous de bon, aujourd'hui ?

Il lui apportait un vieux livre.

– J'ai déjà, dit Voltaire.

Rogatien avait mis la main sur un grimoire rempli

de recettes magiques, *Le Cuisinier royal et bourgeois* de François Massialot, célèbre cuisinier décédé une dizaine d'années plus tôt.

– Mais cet ouvrage a presque cinquante ans ! dit l'écrivain.

– On n'a pas fait mieux depuis, Maître. Un homme qui s'apprête à siéger parmi les ducs et les princes de l'Eglise se doit de manger comme un roi.

– Je crains que la nourriture monarchique ne me soit indigeste.

– J'aurais cru que votre charge d'historiographe de France vous retenait fréquemment à la Cour...

– Oh ! Mon cerveau se plaît à Versailles davantage que mes intestins.

Encore son cerveau s'y plaisait-il moins que celui de Mme du Châtelet. Elle aimait beaucoup la compagnie des courtisans, et Voltaire aimait beaucoup la compagnie de Mme du Châtelet.

Rogatien proposa de se pencher sur les recettes de Massialot. Voltaire n'avait pas le temps : il devait répliquer avec acidité aux attaques de mauvais plaisants qui lui empoisonnaient la vie.

– Raison de plus pour s'occuper de vos repas, dit le cuisinier.

A son avis, la meilleure façon de se nourrir consistait à se nourrir soi-même. Il avait apporté les fournitures nécessaires.

– Heureusement que vous ne cherchez pas à me nuire, dit Voltaire. Je connais bien des gens qui vous récompenseraient de m'avoir fait déguster un gâteau à la ciguë.

– Continuez de manger tant de muscade et ce sera inutile, c'est un poison dont il faut user avec parcimonie. Evitez aussi les marmites en cuivre qui verdissent.

Voltaire arrêta son choix sur une recette.

– Mais vous n'aurez jamais tout ce qu'il faut ! ajouta-t-il.

Rogatien sortit de son cabas les articles demandés.

– Comment saviez-vous que j'allais choisir cela ? s'étonna l'écrivain.

Le livreur avait mis au point une méthode de manipulation. Le livre s'ouvrait tout seul à cet endroit-là. Il avait bien pensé que Voltaire écarterait la soupe de viandes au lard de la page de gauche, lourde et sans nuances, mais qu'il se laisserait tenter par les artichauts de celle de droite, un plat léger et sans ambiguïté morale.

– Le potage de croûtes aux culs d'artichauts est une recette simple, saine, savoureuse et d'une portée universelle.

– Vous avez résumé ma philosophie ! dit Voltaire.

Ils disposèrent le nécessaire sur la table de la cuisine.

Tournez deux à trois douzaines de petits culs les plus égaux qu'on peut trouver ; faites-les blanchir à l'eau blanche qui se fait avec du beurre manié, de la farine, du sel et de l'eau, la quantité qu'il faut pour blanchir les culs.

– C'est un rébus, dites-moi.

Les culs étant blanchis, ôtez-en le foin ; les parez proprement et les mettez à mitonner dans un coulis clair de veau et de jambon.

Mitonnez les croûtes avec du jus de veau et les laissez attacher.

Faites une bordure autour du plat des culs et en mettez un dans le milieu, qui soit plus gros.

– Cet homme a raison, une bonne présentation constitue toujours la moitié du travail, comme en littérature.

Voyez que le coulis de veau et de jambon soit d'un bon goût, le jetez par-dessus les croûtes et les servez chaudement.

– Voilà, je vous ai appris à vous nourrir vous-même sainement, dit Rogatien.

– Je vous dois les quinze prochaines années de ma vie ! dit Voltaire.

Il se sentait plein d'énergie pour attaquer l'Académie de front, de biais et par le travers. Cette bataille serait une promenade de santé.

Il avait justement une visite à rendre à un électeur, Gabriel Gérard, éminent grammairien, ce qui était méritoire de la part d'un homme originaire des pays d'oc. A soixante-neuf ans, il était assez mûr pour ne plus se montrer trop coriace, mais pas assez pour être complètement ramolli. Un natif de Montferrand devait avoir la bonhomie d'un brave Auvergnat. Voltaire se munit d'une bouteille de rouge : il allait soûler le bougnat.

Comme la grammaire ne nourrissait guère son grammairien, Gérard s'était résigné à devenir le chapelain de la duchesse de Berry, petite-fille de Louis XIV, une gourgandine qui se permettait encore d'accoucher plusieurs années après la mort de son mari. La confesser avait été un emploi exténuant. Gérard y avait renoncé dès que possible, il y avait dans la maison trop de bébés illégaux à oindre – même si cette maison était le palais du Luxembourg. Il avait beau loger le plus loin possible de la princesse, on savait bien le débusquer quand on avait une corvée à lui confier : confesser la princesse, baptiser un petit bâtard... Il s'en était échappé juste à temps pour ne pas devoir donner l'extrême onction à sa patronne. Les chers synonymes qu'il entassait dans son dictionnaire lui causaient moins de tracas. Il avait aussi appris le russe et avait entrepris de réformer cette langue sur les loisirs que lui laissait la grammaire française. Il tâchait de faire à cette langue slave ce que Voltaire avait fait aux théories de Newton qu'il avait popularisées sans les comprendre : ça leur faisait un point commun.

Le visiteur attendit dans la bibliothèque en compagnie des principaux ouvrages du maître : *L'Ortografe française sans équivoques ou l'Art d'écrire selon les loix de la raison*, *La Justesse de la langue françoise*, *Observations sur le stile*, et *Parallèle de l'Œdipe de Voltaire et de celui de Corneille* – « Le saint homme ! », se dit le dramaturge.

Voltaire avait poussé la préparation de l'entretien jusqu'à se teinter d'occitan.

– *Bonjorn ! A saludar !* s'écria-t-il à l'arrivée de son futur collègue.

M. Gérard fit la grimace.

– Vous me rappelez tout ce que j'ai passé ma vie à tenter d'oublier.

Gérard était l'auteur du premier dictionnaire des synonymes.

– Vous avez devant vous un candidat et postulant, si je puis me permettre et m'autoriser, dit Voltaire, de façon à suggérer qu'il avait lu l'ouvrage.

– Posez votre séant sur un pliant, je vous ois[12], répondit Gérard, qui maîtrisait le vieux « françois ». Savez-vous ce qu'est un ragot ? Une pièce de métal des carrosses qui ramasse la boue des rues.

A ce propos, Gérard aurait aimé savoir d'où venait ce nom de « Voltaire ».

---

[12] Du verbe ouïr.

– C'est une anagramme de mon patronyme, « Arouet ».

La correspondance entre les deux ne sautait pas à l'oreille.

– Pourquoi avoir pris un pseudonyme ? Si vous êtes élu, vous serez le premier académicien sans prénom.

– Nos parents ne nous lèguent jamais que des fardeaux, dit Voltaire, à commencer par notre prénom.

– Vous rendez-vous compte combien le monde serait étrange si chacun agissait comme vous ?

– Agir comme les autres, c'est vivre en mouton, objecta Voltaire.

Au moment de prendre congé, il lança à son hôte :
– Je m'en vais et je m'en vas ! *Adiou !*

M. Gérard poussa un soupir.

– Voilà, c'est cela, à nous revoir, cher ami.

Voltaire rentra chez lui d'un bon pas. Après avoir débité des compliments à tous ces gens de lettres, il devait se laver la bouche au savon.

Comme il passait devant chez la Tencin, il se dit qu'elle avait peut-être reparu. S'il pouvait annoncer son retour au duc de Richelieu, il saurait bien arranger la nouvelle de manière à faire croire qu'il était l'auteur de cet heureux dénouement. Ce n'était pas hors de sa portée, il avait composé de cette façon plusieurs traités qui avaient établi sa renommée, bonne ou mauvaise.

Il n'eut pas besoin de monter à l'étage pour savoir qu'elle n'y était pas. On était mardi, jour de réception. Il vit des messieurs entrer puis ressortir. Ils se cassaient le nez sur sa porte, son salon n'avait donc pas rouvert. Ecrivains et philosophes erraient sans but dans Paris, à la recherche de la table accueillante et du boudoir bien chauffé où ils pourraient disserter en sirotant quelque chose d'un peu plus fort qu'une camomille. Un nouveau nom s'ajouta à la liste des suspects : Mme Geoffrin. Un mot de Mme de Tencin revint à l'esprit du philosophe. Elle soupçonnait la Geoffrin de ne venir chez elle, rue Vivienne, que pour voir comment il fallait s'y prendre avec ces messieurs, en prévision du jour où elle les récupérerait, par exemple au décès de sa concurrente. La Geoffrin n'aurait-elle pas cherché à avancer la date en la propulsant dans quelque cul de basse-fosse, par-dessus le parapet du pont Neuf ou Dieu savait où ? Si quelqu'un allait bénéficier de cette disparition, c'était bien elle. Une piste partait de ce portail pour courir jusqu'à celui de la riche veuve. La Tencin partie, fini l'ennui ! finie l'obscurité ! Le temps de la lumière était venu ! Elle allait pouvoir mettre à profit cette fortune durement acquise en épousant à quatorze ans un industriel de quarante-neuf.

Jusqu'où ces dames étaient-elles prêtes à aller pour se disputer la fréquentation de penseurs tels que lui ? Sûrement très loin ! Jusqu'au meurtre ! Dans sa collection privée, la Tencin avait des Fontenelle, des Montesquieu, des Marivaux qui seraient autant de diamants sur la couronne de sa remplaçante. La reine morte, on crierait « Vive la reine ! ».

Dieu fasse que la Tencin ne soit pas morte ! Que trouverait-il à dire au duc de Richelieu ? Voltaire doutait qu'un cadavre l'aidât à entrer à l'Académie. Il devait déjà bousculer celui du président Bouhier qui encombrait le fauteuil, il ne se voyait pas piétiner celui de la salonnière en chef. Cette élection prenait des allures de règlement de comptes.

Il se fit une accalmie dans le défilé des auteurs affamés, Voltaire en profita pour monter voir. Comme il l'avait deviné, ce fut la servante qui lui ouvrit. Colette était là, mais non Claudine. Il sortit un écu de sa bourse.

– Ma pauvre fille, tu dois avoir bien de la peine de la disparition de ta maîtresse, j'ai apporté de quoi te consoler un peu.

– Merci, Monsieur, répondit Colette, qui se sentait consolée au-delà de toute espérance.

– Nous allons jouer à un jeu : tu ne laisseras entrer aucun des autres messieurs qui se présenteront, ainsi je pourrai réfléchir à mon aise à la direction que ta maîtresse a pu prendre.

– Oui, Monsieur, dit la servante en empochant la jolie pièce.

Où la Tencin pouvait-elle bien se cacher ? Elle qui n'aimait rien tant que se mêler des élections ! L'heure du choix approchait, dans quelques jours les immortels se réuniraient pour nommer le quarantième, un seul fauteuil était en jeu, et s'il n'en restait qu'un il voulait celui-là.

Soucieux d'en avoir pour son écu, il cuisina la servante. Madame était-elle dans son état normal, ces derniers temps ? Mangeait-elle de bon appétit ?

– Madame mangeait de tout hormis des fèves et de la moutarde.

Voltaire n'en fut pas étonné : le seul homme que Claudine avait vraiment aimé avait succombé à une indigestion de fèves à la moutarde. Il avait bien raison de s'intéresser à la confection des plats qu'il consommait. En ces temps de mauvaise hygiène culinaire, les gens curieux vivaient plus vieux.

Ce qui était sûr, c'était que Madame n'avait pas emporté sa fortune avec elle. La servante était bien embarrassée d'avoir à surveiller la cachette aux doublons. En cas de malheur, les héritiers auraient tôt fait de l'accuser s'il en manquait.

– D'où viennent-ils, ces doublons ?
– Un monsieur les apporte chaque premier de mois, tout au long de l'année, qu'il vente ou qu'il pleuve.

Cette fois, tout était bien rangé dans l'appartement. Le joli cousin avait changé d'attitude, comme s'il attendait à présent le retour prochain de sa protectrice. Ses habits étaient pliés et rangés à leur place dans les armoires. Il avait abandonné le lit principal et remisé sa pipe. Il avait même laissé un mot à l'intention de Claudine pour le cas où elle rentrerait en son absence. Comme si ce jeune homme avait craint d'être soupçonné d'avoir organisé sa disparition.

Dans un tiroir du secrétaire, Voltaire trouva le carnet de rendez-vous de Claudine. Les dernières semaines avaient été consacrées aux académiciens. Cette femme complotait une élection académique comme on médite le remplacement d'une maîtresse royale dans les corridors de Versailles : avec des on-dit et des perfidies. Elle avait entrepris d'écrire sur eux. Elle avait rédigé des extraits biographiques à leur sujet, elle fabriquait des notices. Pierre-Charles Roy y figurait, ce qui suggérait que le soutien de l'épistolière lui était acquis de longue date. Il n'y avait rien sur Voltaire, qui en fut presque dépité. Au reste, sa vie était publique, il n'avait rien à cacher, qu'est-ce que cette dame aurait pu consigner d'indiscret à son sujet ? Après avoir réfléchi une minute à cette question, il se félicita d'être absent de ces notes.

Il y avait aussi des échanges avec des libraires d'Angleterre et de Hollande. La Tencin se livrait, semblait-il, à un trafic de livres prohibés à la barbe du lieutenant général de police. Comme elle conservait des copies de ses propres lettres, Voltaire put consulter sa correspondance – un florilège de notations acides, de méchancetés plaisantes et d'amusantes cruautés. *L'évêque de Rennes compte se présenter, mais c'est un audacieux, pour ne rien dire de plus.* « Eh bien, il n'est pas près d'être élu, celui-là ! » se dit Voltaire. *Le comte d'Argenson est un fêtard invétéré. M. de La Peyronnie, un drôle très dangereux.* Ce n'était pas très aimable pour un brillant chirurgien de Louis XV qui avait laissé son nom à une déviation du pénis. *L'évêque de Mirepoix est un plat moine. La marquise de Boufflers est la plus tracassière et la plus méchante de toutes les femmes.* « Je connais la deuxième », songea Voltaire.

De Maurepas, ministre de la Guerre, elle écrivait : « C'est un homme faux, jaloux de tout, qui, n'ayant que de très petits moyens pour être en place, veut ruiner tout ce qui est autour de lui afin de n'avoir pas de rivaux à craindre. Il voudrait que ses collègues fussent encore plus ineptes que lui afin de paraître quelque chose. C'est un poltron qui ne peut faire peur qu'aux petits enfants. Maurepas ne sera un grand homme qu'avec des nains et croit qu'un bon mot ou une épigramme ridicule vaut mieux qu'un plan de guerre. » S'il avait été ministre, Voltaire aurait signé une lettre de cachet pour faire enfermer cette femme à la Bastille, elle y aurait été fort bien pour le confort de bien des gens.

Il lut enfin : « Cette grande tige d'Emilie du Châtelet est plus folle que jamais de son Voltaire. Elle vient de me conter ses jalousies sur Mme de Boufflers. Je ne sais que lui dire. Comment faire entendre raison à une personne entichée d'un affreux lutin ? Elle est si folle qu'il n'y a pas moyen de discuter avec elle. Elle est à faire pitié. »

Voltaire savait à présent qui aurait été capable d'étrangler la Tencin : lui-même. Il fourra ce fatras de papiers dans un portefeuille pour l'étudier plus tard à tête reposée. Allez hop, vilaine paperasse ! *In the pocket*, comme aurait dit John Locke[13] !

---

[13] Philosophe anglais.

CHAPITRE HUITIÈME

*Où Voltaire prend la clé des champs
pour ne pas faire campagne.*

Voltaire s'était résigné à continuer sa tournée des académiciens, notamment de ceux cités dans le carnet de Claudine. Plus il en voyait, plus il se rendait compte qu'elle était moins aimée que crainte. Celui du jour se nommait Pierre Alary. Cet homme fréquentait tous les auteurs qui gagnaient à être connu, il fallait l'avoir dans sa poche.

Hélas, le postulant aux honneurs académiques avait de plus en plus de mal à se contraindre à ces visites et au cortège d'obligations mondaines, voire d'humiliations, qui les accompagnait. Cela commençait à se voir, il avait du retard. Une demi-heure de retard. La demi-heure qui séparait la sinécure de l'apostolat.

L'abbé Alary était un grand bonhomme en habit noir et col carré d'ecclésiastique. Son port était digne mais sans ostentation – quoiqu'un habit religieux soit déjà ostentatoire aux yeux d'un adepte du Grand Horloger de l'univers.

Voltaire avait préparé des parades à toutes les questions embarrassantes qu'on lui posait d'habitude.

Combien de fois avait-il entendu louer le souvenir de Jean Bouhier, « ce grand homme trop tôt disparu » – une façon de suggérer que Voltaire était lui-même un petit homme toujours là et même collant. Au premier mot que prononça l'abbé Alary sur le cher disparu, Voltaire s'empressa de rappeler que le feu président était surtout l'auteur d'un *Traité de la dissolution du mariage pour cause d'impuissance*, un écrit certainement remarquable, qui lui vaudrait l'admiration de l'humanité pour les siècles à venir.

Le problème Bouhier mis de côté, arrivait celui de la religion : ces accusations d'impiété totalement diffamatoires contre Voltaire, lui qui n'avait manqué aucune étape de la vie religieuse depuis son baptême jusqu'à la fin de son éducation chez les jésuites – il avait été enfant de chœur, tous les élèves l'étaient. Quand ce sujet remplaça l'autre, le postulant exhiba ce qu'il s'était fait envoyer du Vatican : une lettre personnelle du Pape, des médailles offertes par le Pape – il aurait exhibé les mules du Pape s'il avait pu les ôter des pieds sacrés qui s'étaient fourrés dedans. Voltaire s'était adressé au chef du parti dévot en personne : Sa Sainteté. Il lui avait dédié sa tragédie de *Mahomet*, qui était en réalité une attaque contre les jésuites. Il avait ajouté à cet envoi son poème sur la bataille de Fontenoy. Benoît XV lui avait donc envoyé deux médailles à son effigie et un petit mot où il remerciait en italien « son cher fils » pour « son beau poème ». Voltaire avait traduit la lettre de manière à laisser croire que le Pape le félicitait pour son *Mahomet*, une pièce en vers. Et il avait fait imprimer cette traduction en tête de sa tragédie, ce qui pouvait s'appeler « faux et usage de faux ».

Vint ensuite la question de son caractère, cette autre antienne : sa personnalité n'était pas consensuelle, ceux qui voteraient pour lui craignaient de s'exposer à la vindicte de ses ennemis. La belle affaire !

– Seuls les gens fades ne se font pas d'ennemis, répondit l'écrivain qui passait la moitié de son temps à saper les fondements de la société et l'autre à injurier ses contradicteurs.

Le point suivant concernait ses trois séjours à la Bastille, dont certaines personnes estimaient que c'était beaucoup, même pour un auteur – alors que, de son point de vue, on aurait dû lui en faire un titre de gloire. Puis vint le sujet de sa vie avec la marquise du Châtelet – si cela ne dérangeait pas le marquis, de quoi se mêlait-on ? Puis l'abbé évoqua ses écrits contre les autorités civiles et religieuses – il nia, il n'avait presque jamais rien écrit, en tout cas pas la moitié de ce qu'on lui attribuait, pour écrire autant il aurait fallu qu'il y consacre ses nuits ou qu'une maladie de ventre le cloue au lit la moitié de la semaine ! Tandis qu'il prononçait ces mots, ses intestins émirent un long « glouglou » de protestation : son cerveau pouvait nier la réalité, non ses entrailles.

Alary était fils d'apothicaire, il ne s'en laissa pas compter. Il lui prescrivit une potion digestive et une tisane contre les insomnies.

– Vous prendrez une tasse de ceci une heure avant d'aller au lit, vos crises de logorrhées scripturales devraient s'atténuer un peu.

– Merci, Docteur. Et pour l'Académie ?

– Hélas je n'ai pas de remède dans ce domaine. Ah, si vous n'écriviez pas, votre transit académique serait tellement plus facile !

Il y avait d'ailleurs d'autres postulants.

– Le duc de Belle-Isle est candidat, le prévint Alary.

– Quelle idée ! Que peut-on vouloir quand on a la fortune et le succès ?

– Encore plus de fortune et de succès ? supposa

l'abbé.
Il y avait encore ce caillou dans sa chaussure nommé Pierre-Charles Roy. Cet homme était venu voir Alary trois jours plus tôt. Sentant que l'abbé était tenté, Voltaire lui rappela que Roy était un plat poète perdu de réputation.
– C'est curieux, dit l'abbé, M. Roy m'a dit la même chose de vous.
Au moins Voltaire n'eut-il pas cette fois à vanter les ouvrages de son hôte : on ne lui en connaissait aucun. Alary était entré à l'Académie sur sa bonne mine, sur son bagou et sur ses excellentes relations avec les dames. Elles avaient voulu le récompenser des heures d'entretien qu'il leur consacrait dans leurs salons, un peu comme on distribue des étrennes au jour de l'an. Hélas, Voltaire n'avait pas eu la prudence de l'abbé : il avait écrit, et même publié. Quelle erreur !
– Vos livres ne plaisent pas à tout le monde, vous savez.
– Il ne faut pas chercher à plaire à tout le monde. Je plais beaucoup, c'est déjà trop.
L'abbé réfléchit un instant, puis déclara :
– Nous allons vous élire au fauteuil 41.
– Mais... il n'existe pas !
– Ah, oui. Dommage. Cela risque d'être un obstacle.

Voltaire cheminait depuis un moment en remuant de sombres pensées sur les abbés à l'humour caustique, quand il remarqua qu'un fouette-culs suivait obstinément le même chemin que lui. Les parents hélaient ces hommes à leur passage quand ils avaient des enfants désobéissants à punir. C'était une profession fort respectée, car même les rois, dans leur enfance, avaient reçu le fouet : Henri IV souvent, sous la surveillance de sa mère, Jeanne d'Albret, une réformée très stricte sur la discipline ; Louis XIII dès l'âge de deux ans pour lui apprendre à réguler ses colères ; Louis XIV jamais, si bien qu'il avait pu continuer à se prendre pour le Roi-Soleil. Les meilleures institutions d'éducation possédaient leur fouetteur attitré, les autres confiaient les verges aux pédagogues. Ce fesse-culs lui rappela ses relations avec les correcteurs de Louis-le-Grand, ce qui n'était pas le meilleur souvenir de sa scolarité. L'homme avait à sa ceinture des fouets de différentes tailles et matériaux, selon l'âge du gamin et la dureté de la peine.

Alors qu'ils longeaient une rue déserte, Voltaire ne vit pas ce quidam détacher son fouet le plus long et le lever comme s'il avait eu l'intention de l'en frapper. En revanche, il entendit derrière eux le cri de « fesse-culs ! fesse-culs ! ». Le fouetteur se retourna pour voir qui le hélait. Un instant plus tard, l'écrivain avait tourné le coin et rejoint l'avenue grouillante de passants.

Voltaire ne voulait plus faire de visites, elles l'assommaient, elles lui prenaient une énergie qui aurait été mieux employée à rédiger ces œuvres immortelles qu'on lui reprochait tant. Par bonheur, il connaissait quelqu'un qui pouvait fournir la solution à son problème. Il s'en fut voir François de Moncrif.

Moncrif n'avait aucun talent littéraire d'aucune sorte, c'était pourquoi il était déjà de l'Académie depuis dix ans. On n'avait à lui reprocher ni échec ni succès, il n'avait jamais donné son avis sur quelque sujet que ce soit, il ne s'était exprimé sur rien, il était le candidat idéal, et de si bonne composition que Voltaire ne doutait pas de le faire voter pour lui, voire même d'obtenir un peu plus que ça.

Ce petit plus consisterait à faire les visites à sa place. Moncrif devait vanter le produit « Voltaire », faire sa réclame, tresser ses lauriers, chanter sa louange tant et plus. Et qui de mieux pour égrener les mérites d'un insupportable agitateur qu'un individu terne, un sympathique rien du tout ? L'aimable Moncrif émit une objection. On allait s'étonner de le voir venir serrer des mains à la place du candidat.

– Dites que je suis malade.

– Elire un malade pour remplacer un mort ? Ce ne serait plus un fauteuil mais un tourniquet ! Par ailleurs, je suis sûr que Montesquieu attend de vous rencontrer en chair et en plume.

– Dites-lui que je suis mort. Il en sera si content qu'il votera pour moi.

Le Bordelais et lui nourrissaient l'un envers l'autre une petite animosité depuis que Voltaire avait émis son opinion sur les traités de Montesquieu, et ce dernier la sienne à propos des *Lettres philosophiques*. Voltaire ne s'attribuait aucune responsabilité dans cette querelle.

– Personne ne se jalouse davantage que les auteurs entre eux. Ils travaillent tous le même matériau, aussi le succès de l'un expose-t-il la médiocrité de l'autre. On dirait des cafards sur un bout de viande avarié. Ils se castreraient avec les dents, s'ils le pouvaient. Ils forment une clique méprisante et méprisable.

Au contraire d'eux, François-Augustin de Paradis de Moncrif était l'anti-Voltaire. C'était un homme du monde accompli, bien fait, avenant, aimable et plein d'esprit. Ses qualités d'escrimeur lui avaient ouvert les cercles de la Cour. Poète, musicien, bon acteur, il savait se montrer dévot chez la Reine et plein d'entrain partout ailleurs. Excellent courtisan, auteur médiocre, il n'était pas homme à ruiner d'un bon mot ses efforts et ses flatteries, à l'inverse de certain philosophe. Son unique publication, celle qui avait permis son élection, était une

Histoire des chats très profitable aux chats, mais très ridicule aux yeux des personnes sans griffes ni longues oreilles pointues, si bien qu'un mauvais plaisant s'était permis de lâcher l'un de ces félins au milieu de sa cérémonie de réception. Après quoi Moncrif avait renié son *Histoire des chats* et restait l'auteur de rien du tout.

– Mon ami, dit Voltaire, on a reproché aux académiciens de vous avoir élu, c'est le moment de montrer que vous êtes utile à cette institution : faites-m'y entrer.

Pour sa part, ces premiers contacts l'avaient dépité, il aurait voulu se contenter de faire campagne auprès du roi, le protecteur de l'Académie.

– C'est lui qui a le moins envie de vous y envoyer, le prévint Moncrif.

CHAPITRE NEUVIÈME

Où Voltaire s'efforce de ne pas prendre la ciguë pour du persil[14].

Voltaire s'apprêtait à éplucher les papiers de Claudine qu'il avait confisqués, quand Rogatien entra chez lui avec des fruits qui devaient subir le même traitement. Il apportait aussi des châtaignes glacées et de la pâte de coing.

– Qui êtes-vous, vil tentateur ? dit l'écrivain. Le diable ? *Vade retro Bananas !*

– Profitez de mes sévices, ils ne seront pas éternels.

Le panier-repas ne comportait pas de dessert.

– J'ai pensé que nous le ferions nous-mêmes.

– En principe, j'évite le sucre, dit Voltaire.

– A cause de vos dents ?

– Non, parce que les planteurs des Antilles martyrisent les Nègres qui récoltent la canne. Je trouve toujours au sucre un arrière-goût de sang.

– Que penseriez-vous d'une tourte de poires bon-chrétien ?

---

[14] Denis Diderot : « Il est très important de ne pas prendre de la ciguë pour du persil, mais nullement de croire ou de ne pas croire en Dieu. »

– Oh, ces poires ne sont pas pour moi, dit Voltaire. Il préférait les oranges, qui étaient, à son avis, « le vrai fruit défendu du jardin d'Eden ».

– Je pensais que le texte mentionnait une pomme, dit le cuisinier.

– J'ai revu tout ça. J'ai dépoussiéré l'intrigue.

Il avait dépoussiéré la Bible. Au reste, il avait déjà sa provision de fruits. Ses admirateurs lui envoyaient des figues de Provence, des grenades d'Andalousie, des dattes de Tunis et des ananas cultivés en serre près de Paris.

– Comment aimez-vous vos desserts ? demanda Rogatien.

– Chers.

– J'ai des pommes de la saison dernières mais elles sont un peu blettes.

– Peu importe, j'ai l'habitude d'en avaler des vertes et des pas mûres.

L'écrivain parcourut le grimoire que Massialot avait rempli de recettes magiques.

– Qu'avez-vous choisi ?

– Rien, répondit Voltaire. C'est du gras partout.

S'il continuait à cuisiner, il n'aurait plus à choisir de siéger parmi les moralistes, les historiens ou les dramaturges : il rejoindrait la cohorte des écrivains gastronomes.

Chaque fois qu'il déclarait son désir d'entrer à l'Académie, on s'étonnait d'apprendre qu'il n'en était pas déjà.

– Mais alors, qui en est ? demanda Rogatien en coupant sa julienne.

– Des jaloux, mon ami.

Ils biffèrent des recettes tout ce que Voltaire

considérait mauvais pour lui. Il ne resta rien. Il firent un gâteau au rien.

– C'est délicieux ! Et si léger !

Il y eut au menu un potage de houblon en maigre, un potage sans eau (à base de jus de cuisson de viandes cuites à l'étouffée), et un potage dit « de santé » qui consistait en un bouillon de racines avec des herbes.

Pour sa digestion, Voltaire eut envie d'ingurgiter quelque chose d'acide, voire quelque chose d'amer, d'un peu rance, de décapant. Les papiers de Claudine remplissaient tous ces critères. Il s'installa confortablement pour les consulter en détail.

Elle y parlait abondamment des petits secrets de ses confrères. Outre les plagiaires, les tricheurs, les auteurs trop prolifiques et ceux trop rares, elle accusait certains d'employer des nègres, d'autres de maintenir de jeunes gens dans l'asservissement pour leur faire composer les poèmes, les pièces, les ouvrages historiques ou d'exégèse qu'ils signaient. Il y avait de quoi gêner bien du monde. Claudine avait-elle reçu des menaces ? Avait-elle fui Paris en catastrophe ? Lequel de ces messieurs était-il le plus fâché contre elle ? A part lui ?

Il ne fut pas surpris d'y lire le nom de Montesquieu, il l'avait toujours soupçonné d'avoir bidonné ses *Lettres persanes*. D'ailleurs on pouvait faire beaucoup mieux dans le genre oriental. Il avait lui-même une esquisse de conte persan avec un sage nommé Zadig luttant contre l'intolérance et contre les mensonges des prêtres de Zoroastre. Il manquait seulement de temps pour rédiger tout ça proprement, il attendait son prochain séjour à la Bastille. Si on avait pu l'enfermer non après l'écriture de ses livres mais avant, sa vie aurait été plus simple ! Celle de la police aussi.

Claudine avait noté des renseignements gênants à propos de Pierre-Charles Roy, mais il s'agissait de racontars que Voltaire avait inventés quatre ans plus tôt pour discréditer son adversaire. Et voilà que ces idioties finissaient sous la plume de la Tencin ! Cela confirmait la maxime d'un philosophe anglais, ceux qu'il préférait : « Calomniez, calomniez, il en restera toujours quelque chose ! »

Il remarqua qu'une page de ces horreurs avait été déchirée. Tout le bas manquait. Un vandale avait fait disparaître un paragraphe entier au sujet d'un écrivain. La page abîmée faisait partie de l'ensemble consacré aux académiciens. Voltaire se demanda si quelqu'un de malintentionné n'avait pas fouillé ces papiers avant lui. Décidément, le monde était plein de malhonnêtes gens ! Lire des documents qui ne vous étaient pas adressés, ce n'était que de l'indiscrétion ; les tronquer, c'était une atteinte à la liberté d'écrire des méchancetés – un crime qui le touchait au cœur.

Il en était là de ses réflexions quand il remarqua un feuillet sur le plancher. Il se leva pour le ramasser : ce pouvait être une note qu'il avait prise, ou même un morceau du dossier qu'il était en train de consulter.

Ce n'était ni l'un ni l'autre. « Cessez toute recherche sur Mme de Tencin ou dites adieu à votre élection » lut-il, rédigé d'une écriture fine, sur ce billet qu'une main anonyme avait glissé sous la porte.

Voltaire en resta interdit.

– Eh bien ? Vous êtes tout pâle ! dit la servante des Du Châtelet venue faire la vaisselle.

– J'ai reçu des menaces de mort !

Plus exactement, on ne le menaçait que de le priver de son fauteuil, ce qui était une mort sociale. D'aucuns prétendaient qu'il existait une vie littéraire au-delà de l'Académie, mais rien n'était prouvé. Que devenait le lamentable bataillon des écrivains battus, blackboulés, refoulés ? Où tombaient-ils ? dans quel gouffre d'oubli et d'indifférence ? Déjà les immortels accédaient avec difficulté à la postérité, alors ceux qui ne l'étaient même pas !

Il aurait bien rejeté sur l'abominable Roy la responsabilité du message, mais cet homme était du genre à signer ses ordures, il appelait ça « ses œuvres ». Et puis, à y regarder de près, ce n'était pas là un papier anodin. En bon publiciste, Voltaire savait reconnaître n'importe quelle fibre sur laquelle on pouvait écrire ou imprimer ses opinions révolutionnaires. En observant par transparence celui qu'il tenait entre ses mains – un papier couché, bouffant, de qualité supérieure –, il discerna un élégant filigrane fleurdelisé. Aucun doute : il s'agissait d'un feuillet fabriqué pour l'élite des lettres, pour l'institution chérie de tout auteur ayant atteint la cinquantaine. On avait coupé l'en-tête, mais cette ruse ne pouvait tromper le vrai polémiste familier des ateliers d'imprimerie : c'était là le papier à lettre de l'Académie française !

Son tourmenteur lui écrivait depuis le Louvre où siégeait l'Académie. Voltaire s'était fait un ennemi mortel parmi les quarante qui n'étaient que trente-neuf ! Dix-neuf ecclésiastiques, c'était déjà bien des candidats à la détestation envers les esprits intransigeants et progressistes ! Si on leur ajoutait les dramaturges envieux, les poétastres frustrés, les penseurs qui pensaient mal... Mais qu'allait-il faire dans cette galère pleine de rameurs aigris ?

Une enquête s'imposait. Ses recherches le conduisirent au salon de Mme Geoffrin où se réunissaient les suspects.

Ils étaient là, tous ces académiciens qui avaient des raisons de craindre la Tencin. Ils n'avaient pas tardé à trouver un nouveau lieu où échanger de fins propos et faire assaut de citations autour d'un verre.

Il y vit aussi Marville, le lieutenant général de police, venu prendre la température de la pensée parisienne et du chocolat de la Geoffrin. Les médecins prenaient la température au cul, les policiers la prenaient au cerveau.

Quand Voltaire lui montra le billet aux menaces, Marville ne lui parut pas si indigné qu'il aurait dû l'être, on s'indignait peu quand on avait l'estomac gorgé d'un liquide gras et sucré.

– Ah, mais dites-moi, il n'y a plus de doute : on veut attenter à vos jours.

Cette remarque stupéfia le destinataire. A priori, il était seulement écrit qu'on désirait empêcher son élection, le condamner à une mort sociale, tout ça.

– Non, non, c'est après votre vie qu'on en a, cher ami. Mes informateurs sont formels : un bruit court dans les bas-fonds – vous y êtes connu, je crois que vous y avez des lecteurs. Selon la rumeur, un assassin aurait été engagé pour vous faire subir un mauvais sort. Je ne sais pas ce que vous infligez à vos ennemis, mon cher, mais l'un d'eux a décidé de vous couper le sifflet pour de bon !

Trois malfrats arrêtés pour un cambriolage avaient déballé tout ce qu'ils savaient d'intéressant pour éviter la corde. Or l'un d'eux avait été approché pour supprimer « un écrivain gênant ».

– C'est votre définition la plus exacte, n'est-ce pas ? dit Marville.

Ce bandit avait refusé la mission, il n'aimait pas s'attaquer à des gens compliqués.

– A mon avis il a bien fait. Le deuxième a accepté, mais il avait déjà d'autres projets inscrits dans son carnet de bal, il a renoncé à vous serrer le kiki. Quant au troisième, il aurait bien voulu, mais nous l'avons arrêté avant pour ce cambriolage, le pauvre.

– Prévenez-moi quand vous le ferez pendre, dit le philosophe, je viendrai prendre des notes pour un traité sur la peine de mort que je compte écrire.

– Hélas, je me suis engagé à les envoyer tous trois aux galères. Le résultat est à peu près au même, on y meurt à petit feu, mais au moins on est au bon air et on mange du poisson.

Bref il existait un contrat sur la vie de Voltaire.

– J'ignore quelle mouche a piqué le commanditaire qui veut se payer votre tête, mais cet homme y a mis le prix. Deux cents livres, mon bon monsieur. Bien du monde accepterait de vous supprimer pour moins que ça.

Deux cents livres ! Voilà ce que coûtait la tête dont étaient sorties tant de splendeurs qui émerveillaient le genre humain ! A quoi bon les souffrances, les efforts, les sacrifices ! Sans doute n'avait-il pas encore assez souffert pour mériter une reconnaissance universelle !

Voltaire tituba jusqu'au buffet, où un valet lui proposa une tasse de thé. Il empoigna un flacon d'il ne savait quel breuvage qui avait l'air d'être de l'alcool et se servit un grand verre qu'il avala d'un trait. C'était fort, cela brûla son gosier de bas en haut, il vit bientôt des angelots fessus tournoyer dans l'air et dut s'accrocher à la table pour ne pas chanceler.

– Qu'est-ce donc que ce tord-boyaux ?
– De la verveine avec du miel, Monsieur.

Il renonça à en prendre un deuxième verre, son estomac n'y résisterait pas. Il avisa un monsieur qu'il connaissait et tituba de ce côté. C'était Jean Pâris de

Monmartel, le prince des financiers. Les financiers étaient des gens avisés, ils avaient réussi, ils résistaient à tout, celui-ci avait subi deux ordres d'exil dont il s'était relevé encore plus riche qu'avant. Si quelqu'un pouvait le guider dans des choix difficiles, c'était bien cet insubmersible galion aux cales remplies d'or.

Voltaire lui exposa son problème : d'un côté on voulait l'abattre, on le lui écrivait ; de l'autre, il avait promis au duc de Richelieu de retrouver Mme de Tencin, c'était son passeport pour l'Académie.

Il s'attendait à ce que Pâris de Monmartel lui conseille de renoncer – on profite peu de son élection quand on est mort –, mais le financier l'engagea au contraire à persévérer dans ses recherches. Il ne fallait pas céder au chantage, *a fortiori* à un chantage anonyme. Qu'il continue sans craindre les moucherons qui voletaient sur son chemin ! Si ces insectes s'avisaient de lui nuire, on lui offrirait la protection de la Pompadour. On la connaissait bien, on lui avait prêté à mille pourcents. Toutes ces belles robes qu'elle s'était fait coudre sur mesures pour séduire Louis XV, c'était avec l'argent des banquiers, des agioteurs et des fermiers généraux qu'elle se les était achetées.

– Elle nous doit tout !

– Ah, ça, il faut faire attention quand on se fait offrir des costumes, admit Voltaire.

Le financier était catégorique : pas question de reculer devant l'adversité.

– Regardez-moi ! On m'avait dit : « La traite négrière, ce n'est pas bien, ça vous fera une mauvaise réputation. » Eh bien ! J'ai passé outre, j'y ai gagné mon premier million, et tout le monde m'adore !

L'anecdote laissa Voltaire songeur. Au reste, le diable était sûrement de bon conseil. Et puis l'écrivain avait renoncé à solliciter le Bon Dieu, alors il ne lui restait que ça.

Il aperçut son ami Moncrif qui se goinfrait des fions vendéens et des miches fourrées de Mme Geoffrin au lieu de faire les visites de son ami. Ce n'était pas du tout ce dont ils étaient convenus ! Il bondit sur le glouton pour le rappeler à ses devoirs voltairiens.

– Vous aimez les gâteaux ? Vous voulez des tartes et des beignes ?

Avant de venir ici se gaver de menus propos et de pâtisseries, Moncrif avait œuvré pour la philosophie. Il avait accompli sa mission auprès de Mme de Villars, qu'il était allé voir en son château de Vaux – très bonne table, il y était resté deux jours.

L'actuel duc de Villars avait hérité de son père ce beau domaine, un titre de maréchal, le gouvernorat de la Provence et un fauteuil à l'Académie. L'heureux héritier était une petite poule très pomponnée qui devait de l'argent à Voltaire, non Voltaire l'écrivain ou Voltaire le courtisan, mais Voltaire le prêteur à intérêt. Toujours entre deux retards de paiement, Villars n'avait rien à refuser à son bailleur de fonds. D'où la visite que l'émissaire avait rendue à la duchesse.

– Elle votera pour vous, affirma Moncrif. C'est convenu. Elle a déjà inscrit votre nom sur le bulletin de son mari.

Les actions de la banque Voltaire remontaient en flèche, et cette flèche allait se ficher tout droit dans le trente-troisième fauteuil.

CHAPITRE DIXIÈME

Où la Vérité sort de son puits tout habillée.

Le tueur avait endossé un nouveau camouflage pour guetter sa proie. Il avait loué l'outil de travail d'un ferronnier, une charrette à bras remplie de vieilles casseroles, et filait dans cet équipage sur les pas de sa future victime en attendant de la coincer dans une ruelle obscure. Hélas, le lutin en perruque longue circulait un peu vite pour lui. Ce déguisement était encore une fâcheuse idée. Traîner une carriole, c'était commode pour emporter le corps après coup, mais non pour attraper le corps toujours vivant qui galopait à deux pattes sur la chaussée parisienne. L'assassin avait l'impression de disputer une course de fond avec un lapin de garenne.

Si Voltaire se hâtait ainsi, c'était qu'il était en route pour aller vérifier chez Moncrif que Moncrif n'y était pas, puisque Moncrif était censé faire le tour des momies littéraires ; on souhaitait contrôler que Moncrif n'était pas en train de paresser sur son sofa et se mettre à l'abri d'une *moncrivité*.

L'écrivain remarqua un attroupement aux marges ce qui n'était pas encore la place Louis XV[15]. Soucieux de faire de Paris une ville moderne, les conseillers du roi

---

[15] Aujourd'hui la place de la Concorde.

essayaient de le convaincre d'aménager en place royale ce vaste terrain vague qui séparait le jardin des Tuileries des Champs-Elysées. L'aménagement servirait de parvis aux deux magnifiques façades de Gabriel. Peut-être le roi aurait-il rechigné à donner son nom à cet endroit s'il avait su qu'un autre souci de modernité pousserait un jour son peuple à y décapiter son petit-fils, dans le roulement des tambours, au cri de « mort au tyran ».

Pour l'heure, les fossés n'avaient pas été comblés et l'on appelait encore ce lieu « l'esplanade du Pont-Tournant », en référence à un pont de bois qui permettait d'accéder à la terrasse des Tuileries par-dessus ledit fossé. Ce terrain vague surplombait des bas-fonds marécageux, deux grands égouts à ciel ouvert livrés aux hasards des débordements de la Seine.

Des ouvriers étaient occupés à en extraire un corps inerte, sous les yeux horrifiés de la populace en général et des promeneurs littéraires en particulier. Voltaire commençait bien sa journée : il avait retrouvé Mme de Tencin !

Elle n'était pas à son avantage. Sa belle robe de soie était maculée de boue. Ses cheveux teints échappés de sa coiffure défaite collaient à son visage blafard. On aurait dit une vieille poupée de luxe qu'une petite fille peu soigneuse avait oubliée au jardin un jour d'orage.

Des badauds avaient alerté en toute hâte le commissaire du quartier. Il chercha des yeux un véhicule pour emporter la dépouille au plus vite, héla un ferronnier qui suivait justement la scène au milieu des autres et lui ordonna de hisser le corps sur sa charrette.

Un petit cortège funèbre composé de curieux et d'un philosophe suivit la dépouille jusqu'au Châtelet. Claudine n'embêterait plus personne avec ses lettres. Sa carrière d'épistolière avait atteint son sommet : elle avait reçu le prix « Académie française » du fossé plein de boue.

Elle, qui avait régné sur les académiciens du Louvre, pénétrait à présent dans le vilain donjon de la police parisienne, siège de la morgue et d'une infinité d'ennuis pour un tas de gens.

Le lieutenant général se fit expliquer les faits par le commissaire : on lui apportait une célébrité, la salonnière la plus connue de Paris.

– Que d'honneur ! dit Marville Je ne croyais pas que ma modeste institution rivaliserait un jour avec les salons parisiens les plus huppés !

Le corps avait été repêché dans les remblais, à mi-chemin entre le domicile de la victime et l'Académie. Un petit chiffonnier en maraude avait remarqué sur la pente un soulier qui semblait presque neuf. Il était descendu le chercher – une foule de gens humbles vivaient de trouvailles, Paris ne comportait pas de dépôt d'ordures, on se contentait des rues, des trous et des rives de la Seine. Cette grande esplanade réunissait les trois, c'était une mine. Bref, le gamin était descendu prendre le soulier avec l'espoir de rencontrer son jumeau. Hélas, il y avait un pied dedans et sa propriétaire au bout, toute froide, toute raide, toute sale. La remonter à la force des bras à l'aide de cordes n'avait pas été une partie de plaisir, mais les ouvriers s'étaient donné du courage en songeant à la prime que Monseigneur ne manquerait pas de leur remettre pour avoir débarrassé la voirie d'une dame qui n'était pas d'un rang à dormir dehors.

Marville convint de ce qu'une personne de la noblesse, reçue à Versailles, ne devait pas être abandonnée dans un marigot plein de saletés. Il paya un peu plus que ce qu'il aurait donné pour un gueux. Mme de Tencin touchait au sommet de la hiérarchie sociale. Pour obtenir davantage, il aurait fallu retirer du fossé la dépouille d'un maréchal ou d'un pair de France – à voir la marche du temps, il n'était pas impossible qu'on y vienne un jour.

Tout homme qui se flattait d'appartenir à l'élite de la capitale connaissait Mme de Tencin pour avoir été chez elle ou, au moins, dans quelque lieu qu'elle fréquentait. Qui donc avait récemment parlé à Marville de cette dame ? Il se rappelait vaguement une visite déplaisante qu'il s'était efforcé d'oublier dès que l'importun avait quitté son cabinet. Il se souvenait d'un nez, d'un regard malicieux, mais n'arrivait pas à mettre un nom dessus. Tout cela lui évoquait la représentation du démon sous la botte de Saint-Michel en l'église où il faisait ses dévotions.

Une perruque à marteaux d'un autre temps qui ne lui était pas inconnue sautillait non loin de là. Son porteur dansait une ronde autour de la défunte afin d'interroger les témoins, les inspecteurs et les brancardiers, sans doute par l'effet d'une curiosité malsaine.

– Arouet ! dit Marville. Mais bien sûr ! Toujours dans le sillage des cadavres suspects ! Mon pauvre beau-père m'avait prévenu, il m'avait dit : « Prenez garde aux assassins, aux détrousseurs et au petit philosophe ! »

Voltaire tourna les yeux du côté où il avait été invoqué. Le chef de la police le contemplait avec une grimace que l'écrivain interpréta comme un sourire amical. Puisque Monseigneur était bien disposé, c'était le moment d'avoir avec lui une nouvelle entrevue. Il sautilla en direction de Marville, le lieutenant général fatigué.

Les deux hommes échangèrent des considérations générales sur la triste fin des salonnières plongeuses.

– Avez-vous des suspects en vue ? demanda le visiteur.

– Oui, un, répondit le policier en plissant les paupières d'une manière qui en disait long.

Voltaire glissa sur l'insolent regard inquisiteur, il souhaitait évoquer une personnalité controversée, un auteur qui avait séjourné en prison, un roué coupable d'écrits scandaleux, bref le portrait parfait du tueur ignoble que la police devait pourchasser.

– Cette manie de toujours parler de vous ! dit Marville.

Il ne s'agissait pas du fanal de la pensée moderne mais de Pierre-Charles Roy, la crapule de l'édition parallèle. Voilà un bon suspect ! Un homme si abominable était coupable par définition, il était né suspect comme d'autres étaient nés pour le génie et la gloire.

– Voulez-vous son adresse ? proposa l'écrivain. Ah, suis-je bête : vous l'avez ! Votre beau-père a jeté ce scélérat en prison, voici quelques années. Quel brave homme, René Hérault ! O combien regretté !

Marville avait l'air de méditer des plans pour le lui faire regretter encore plus.

– N'espérez pas vous servir de ce sordide événement pour vous venger de Roy, prévint-il.

Le métier de lieutenant général consistait à être bien renseigné. Roy était intouchable, c'était un protégé de Mme de Pompadour, elle avait fait représenter ses œuvres dans son théâtre des Petits Cabinets, à Versailles, devant la Cour.

– Oui, dit Voltaire, mais dans le cas de Roy, il s'agissait des cabinets de toilettes.

Le chirurgien attitré du Châtelet était prêt à pratiquer l'examen de la défunte. Voltaire demanda s'il pouvait y assister, ce qui n'étonna nullement le policier en chef. Horreur, malheur, désordre, cette affaire avait tout pour attirer les parasites et les charognards, on restait dans le cadre de la philosophie.

Le corps était recouvert d'une pièce de tissu façon suaire. Les vêtements avaient été ôtés et étalés sur une autre table, Claudine était nue sous son drap, qui fut enlevé.

« La voici donc, se dit Voltaire, la beauté ensorcelante qui a charmé tant de puissants, tant de nobles titrés, voire quelques domestiques les jours de disette ! »

Le chirurgien procéda aux premières constatations : « Femme d'environ soixante ans. Elle a accouché au moins une fois, peut-être plusieurs. »

Voltaire fut horrifié de voir tant de secrets, si chèrement protégés, aujourd'hui révélés à des inconnus sur une table de la morgue. Claudine aurait jugé cela plus violent que n'importe quel assassinat. Au reste, il y avait dans Paris un philosophe de trente ans nommé d'Alembert qui était la preuve vivante des frasques de sa mère. On n'avait jamais su si elle l'avait eu du prince d'Arenberg ou de son secrétaire, c'était au moins un mystère qu'elle avait emporté avec elle dans son fossé.

– Je ne vous demande pas d'alimenter les ragots, dit Marville au chirurgien. Pouvez-vous établir la cause du décès ?

Il s'agissait probablement d'une série de coups portés à la tête par le moyen d'un instrument contondant. Ayant rasé la malheureuse, le chirurgien proposa de dessiner l'objet en question : il avait laissé dans le crâne un enfoncement net et profond. A l'aide d'un fusain, il traça une forme qui évoquait bizarrement la tête d'un volatile très apprécié dans le Périgord.

– Elle a été tuée par un canard ? s'étonna Marville.

– Par une figurine en forme de tête de canard, précisa le chirurgien.

Le lieutenant se tourna vers Voltaire.

– Mme de Tencin possédait-elle une collection de statuettes animalières ? Des leurres pour la chasse à l'oiseau migrateur, peut-être ?

Voltaire ne se rappelait rien de tel. Il raconta sa visite chez elle, peu de temps avant sa disparition : son appartement était encombré d'un bric-à-brac offert par ses admirateurs, mais il s'agissait plutôt de délicates porcelaines que de bidules en bois ou en pierre.

– Je dirais plutôt en métal, précisa le chirurgien. Une statuette plus petite qu'un vrai canard. Et très dure.

– Voyons... dit Marville. Que pourrait-on faire chez soi d'une tête de canard en métal ?

Voltaire eut une idée. Il s'apprêtait livrer la solution de l'énigme quand le chirurgien se pencha sur l'une des traces qui couvraient ce crâne.

– En argent ! Cette tête de canard est en argent !

Marville se frappa la tempe.

– Ce n'est pas un canard, qu'il faut chercher, c'est une canne ! La Tencin a été tuée à coups de canne ! Une canne à pommeau d'argent ! Où donc en ai-je vu une semblable ?

Voltaire était subitement devenu muet comme une carpe qui a aperçu un canard. Son visage prit une expression d'innocence qui aurait attiré l'attention du lieutenant général si ce dernier n'avait été occupé à se rappeler dans quelle main il avait remarqué un accessoire similaire. Il n'y avait pourtant pas longtemps de cela...

– Faites copier et diffuser ce dessin, ordonna-t-il à un subordonné. Ce sera bien le diable si personne ne connaît cet objet. Hein, Arouet ? Eh bien ? Vous êtes tout pâle. C'est l'autopsie qui vous fait ça ?

Arouet fit « oui » du menton. Il se garda de répondre que le lieutenant général avait déjà sous la main quelqu'un qui connaissait très bien cette canne, étant donné qu'elle appartenait à un petit bonhomme qui sentait à ce moment une sueur froide couler le long de son dos d'écrivain pétri d'innocence. Voltaire savait à présent où il avait oublié sa canne. Il aurait préféré que cela fût en enfer, entre les mains de Lucifer. A vrai dire, c'était un peu le cas.

Les doigts de la défunte étaient chargés de lourdes bagues, ce qui permettait d'écarter le vol comme mobile du meurtre. Peut-être même avait-elle été tuée ailleurs et l'avait-on jetée dans cette fosse pour se débarrasser du corps. De ces bagues, le chirurgien retira à l'aide d'une petite pince deux ou trois longs cheveux.

– L'assassin est une femme ! s'écria Voltaire.

– Ne dites pas de bêtises, lui répondit Marville. Comment une femme aurait-elle pu transporter la Tencin jusque là-bas ? Or Claudine n'était pas dehors à l'heure du crime puisqu'elle ne portait pas de manteau, et elle n'était pas du genre à faire de longues marches à pied dans les rues malpropres, de nuit, avec ses bijoux sur elle.

En outre, ces trois cheveux ressemblaient fort à des poils de perruque, une coiffure principalement masculine. Une fois étendus sur un linge blanc, ils évoquèrent un modèle à l'ancienne, long et bouclé. On n'en voyait plus guère : les messieurs élégants préféraient désormais des coiffures plus courtes, plus simples et poudrées à blanc. Celle-ci devait être d'une nuance châtaine.

– Un peu comme la vôtre, dit le chirurgien en désignant Voltaire.

– Tous les hommes vraiment raffinés se coiffent ainsi ! se défendit l'intéressé comme si on l'avait accusé d'étrangler les dames au coin des rues.

– Tous les hommes raffinés qui n'hésitent pas à dépenser cinq cents livres pour une chevelure à la mode de l'ancien règne, ni à se parfumer comme des cocottes, dit Marville, le nez sur la pièce à conviction.

Il ne poussa pas plus loin la comparaison avec les toisons philosophiques. La présence d'un assassin à l'autopsie de sa victime était une coïncidence qui dépassait son imagination. Et puis Voltaire était arrivé en même temps que le cadavre ; or on pouvait lui reprocher bien des choses, duplicité, fourberie, mauvaise foi, mais non de se conduire comme un imbécile. Il n'était pas cette sorte de fou, il était un fou d'une autre sorte, il avait inventé sa propre catégorie de fou.

Ces messieurs de la police avaient eu de la chance : dans son fossé, Claudine aurait pu rester introuvable pendant des mois, au point que la dégradation des chairs aurait rendu l'identification impossible. Le meurtrier n'avait pas cru qu'on la découvrirait si tôt. Seul le hasard, un soulier et l'avidité humaine avaient permis de la faire ressurgir comme la vérité du puits.

L'examen du corps et des bijoux n'ayant pas tourné à son avantage, Voltaire se pencha sur les vêtements mis de côté. Peut-être en tirerait-il quelque indice plus favorable qui lui permettrait de nommer le coupable ou, à défaut, d'éloigner de lui les soupçons que la maréchaussée finirait bien par formuler, par exemple le jour où le lieutenant général se rappellerait où il avait rencontré le canard en argent qui occupait ses pensées.

Voltaire remarqua une bizarrerie. Les chaussures de Claudine, celles-là même qui avaient attiré l'œil du chiffonnier, ne correspondaient pas à la robe qu'elle portait. Lorsqu'il avait visité la Tencin chez elle peu avant sa disparition, il avait remarqué qu'elle avait aux pieds de jolis souliers parfaitement assortis au reste de sa tenue. Jamais elle ne serait sortie avec d'autres, *a fortiori* pour se rendre chez quelqu'un. Cela ne pouvait avoir qu'une seule signification : non seulement elle n'était pas morte dans la rue, mais elle avait été tuée chez elle. Elle devait avoir été chaussée de pantoufle, ce qui voulait dire qu'elle n'avait pas fait d'effort de toilette et n'avait aucune intention de quitter son logis. L'assassin lui avait mis des chaussures de ville avant de l'emporter, afin de faire croire qu'elle avait péri ailleurs. Et il s'était trompé. L'erreur en disait long sur lui. C'était bien un homme, un homme qui n'attachait pas une grande attention à des détails au contraire très importants aux yeux d'une dame de cette condition. La bévue aurait disculpé Voltaire à ses propres yeux. Suffirait-elle à le disculper aux yeux d'un lieutenant général soupçonneux ? A voir les godillots mal cirés de Marville, l'écrivain en doutait. Ce policier ne devait pas suivre les subtilités de la mode d'assez près pour s'appuyer sur elles quand il s'agissait d'innocenter qui que ce soit. Avec ses manchettes fatiguées, son jabot terni et son pourpoint fripé, il se rendait lui-même coupable d'une faute qui aurait passé pour un crime au goût de bien des gens.

En revanche Marville était capable de voir quand un petit bonhomme se livrait à d'importants efforts de réflexion à côté de lui.

– Savez-vous qui aurait pu vouloir faire subir ce triste sort à Mme de Tencin, Arouet ?

Arouet fit « non » du menton. Pourtant il voyait très bien. S'il cherchait le nom d'une personne munie d'un fort grief envers la menteuse qui gisait là, il devait bien admettre qu'un seul lui venait à l'esprit : le sien. Tous les indices menaient à lui. Il se demanda s'il devait persister à se faire élire académicien ou sauter dans la première diligence en route vers la frontière.

CHAPITRE ONZIÈME

*Où l'on voit des enfants du Bon Dieu
et des canards sauvages.*

Voltaire devait à tout prix dénicher des personnes que la Tencin avait gravement agacées, non seulement pour découvrir qui s'était permis de marteler le crâne de cette enquiquineuse, mais aussi pour détourner les soupçons qui risquaient de s'appesantir sur un écrivain amateur de perruques longues, de pourpoints coupés à l'ancienne, mangeur de lentilles, qui portait le même nom que lui et n'était autre que lui-même.

Sa seconde mission consistait à récupérer un accessoire susceptible d'égarer la police vers une piste que l'on ne souhaitait pas la voir suivre : celle d'une jolie canne à bec de canard qui avait manqué au confort de son propriétaire ces derniers jours et, depuis quelques heures, à sa tranquillité. Aussi fila-t-il rue Vivienne pour mettre discrètement la main sur l'objet de ses inquiétudes.

Le sacrifice d'une grosse pièce lui permit de resserrer ses liens d'amitié avec Colette. Connaître les goûts d'une femme en matière de cadeaux est très commode, cela évite de se fourvoyer en lui apportant, par exemple, des fleurs ou des pralines. Cette femme-ci avait de l'appétit pour les métaux brillants, de préférence dorés. Lui-même tenait à récupérer une canne à pommeau d'argent, ils étaient faits pour s'entendre.

Il se garda néanmoins de mentionner l'accessoire, elle n'aurait ainsi aucun témoignage fâcheux à fournir à la police si l'on venait à l'interroger sur les visites répétées du philosophe. Restait à espérer que Marville ne croyait pas à l'adage selon lequel un assassin revient toujours sur les lieux de son crime. Vu le nombre de fois que Voltaire était entré ici ces jours-ci, il pouvait se féliciter de ne pas y avoir laissé d'autres indices que sa canne, qu'il avait certainement oubliée à sa première visite.

Colette fut contente de le voir, elle s'était souvenue d'un incident. Elle avait du temps pour penser, maintenant que Madame n'était plus là.

Voltaire acquiesça : le temps était nécessaire aux penseurs pour produire de la philosophie, et aux autres pour sombrer dans l'ennui qui est la mère de tous les vices. C'était pourquoi il fallait tenir la population laborieuse très occupée. Les pauvres avaient déjà trop de leur dimanche, ils en profitaient pour courir à l'église, ce qui n'était pas profitable au progrès ni à la tolérance prônée par les penseurs. Le temps libre était fait pour quiconque était capable de passer des journées à consulter d'intéressants traités ou, mieux encore, à les écrire.

La réflexion que se faisait Colette, c'était que Madame s'était disputée avec son cousin.

– Qui ça ? Ah, oui ! Le petit abbé déshabillé ! Pas intéressant.

La Tencin s'était disputée avec tout Paris. Autant chercher l'assassin de par les rues en frappant sur un tambour.

Selon Colette, Madame reprochait à M. l'abbé de l'avoir déçue.

– Pas intéressant, répéta Voltaire.

« Belle surprise ! » pensa-t-il. Un homme de vingt-cinq ans avec une femme de soixante : la déception les guettait au détour du boudoir.

Madame avait déclaré son intention de déshériter M. l'abbé.

– Comme c'est intéressant ! dit Voltaire.

Un mobile ! Enfin ! Et un beau !

Du coin de l'œil, il avisa le motif principal de sa présence, posé contre un mur dans un coin de la pièce : la canne à bec de canard. Il prétendit avoir soif, demanda à la servante de lui apporter à boire, et n'attendit que son départ pour mettre la main sur son bien chéri. Le pommeau était affreusement maculé de sang. Il l'essuya à un rideau. La Tencin ne risquait pas de revenir s'en plaindre et, après tout, c'était son sang sur ses rideaux.

Colette revint avec un verre d'eau posé sur un plateau. Elle avait ajouté quelques gouttes de vinaigre blanc pour la désinfecter, car c'était de l'eau de Seine. Voltaire se dit qu'il n'en avait pas pour sa belle pièce dorée. Voilà ce que buvait Colette quand Madame était absente. Madame lui faisait acheter de l'eau des sources de Passy pour sa propre consommation, mais, depuis tout ce temps qu'elle était partie, il n'en restait plus. Voltaire sentit qu'on lui suggérait de verser une rallonge.

– Ne vous tracassez pas, mon petit, vous aurez bientôt des nouvelles de votre maîtresse, je sais qu'elle a été vue récemment tout près d'ici par un tas de gens.

L'information réjouit Colette. Voltaire en conclut que c'était une brave fille qui n'avait sûrement pas tué sa patronne ; et puis elle n'aurait pas laissé le pommeau plein de sang dans le salon. En revanche, on pouvait s'interroger sur ses compétences dans le domaine de la propreté du ménage.

On toqua à la porte. Voltaire sursauta. Déjà la chiourme ! Il n'avait nulle envie de rencontrer les forces de l'ordre, un canard en argent lui brûlait les doigts. Il chercha dans sa poche une nouvelle pièce pour la servante.

– Je ne dois pas être vu ici. Dis que je suis Bohémond, le cousin de Madame. Je vais prendre sa place.

– Prendre sa place ? dit Colette. Mais M. l'abbé est jeune, bien fait, d'une figure ravissante...

Il lui donna un louis pour qu'elle le trouve jeune et ravissant. Elle écarquilla les yeux. A ce prix-là, elle aurait trouvé de l'attrait à un bossu. Le hibou qu'elle avait devant elle lui sembla subitement beaucoup plus séduisant que ce coureur d'abbé qui ne lui avait jamais rien donné sinon des tapes sur les fesses.

Quand elle revint avec le visiteur, Voltaire avait pioché dans les cols carrés du cousin Bohémond et troqué son opulente toison Régence d'époque pour une perruque plate que l'ecclésiastique avait négligemment jetée sur la coiffeuse de sa cousine.

Colette introduisit un monsieur richement vêtu et lui présenta Voltaire comme le parent de Madame.

« C'est le monsieur aux doublons », souffla-t-elle à l'oreille du vieux cousin tandis que le nouveau venu prenait un siège.

C'était donc là ce bonhomme à qui la Tencin soutirait une rente en pièces d'or sonnantes et trébuchantes livrées chaque premier du mois. Comme on n'était pas le premier, Voltaire supposa que la visite avait un rapport avec la disparition de la bénéficiaire. De fait, l'homme aux doublons s'abstint de mettre la main à sa bourse, mais présenta au « cousin » ses sincères condoléances. Elles auraient paru plus sincères si sa figure n'avait arboré un air de contentement gênant, même aux yeux d'un philosophe plus proche des cyniques façon Diogène que des idéalistes platoniciens.

– Que puis-je pour vous, Monsieur ? demanda Bohémond alias Arouet alias Voltaire.

Le visiteur souhaitait récupérer certains documents grâce auxquels Claudine touchait de lui une petite rente qu'il n'avait pas l'intention de verser à ses héritiers.

L'abbé désira savoir comment son interlocuteur avait appris la triste nouvelle. Il apparut que tout le quartier était au courant, le cadavre de la chère disparue avait suivi le quai pour se rendre au Châtelet, le marchand de bois avait averti le bailleur de fonds en lui livrant ses fagots.

– Je suppose qu'un homme d'Eglise ne voudra pas toucher l'argent du péché, conclut le monsieur.

– Hélas, Monsieur, j'ignore absolument ce que ma cousine a fait de vos documents. Si vous voulez bien m'indiquer votre nom, je vous les ferai porter à l'occasion...

Le visiteur se leva.

– Montrez-moi plutôt son secrétaire, dit-il sur le ton d'un homme qui a l'habitude d'être obéi.

Le meuble en bois de rose possédait un tiroir caché dont le monsieur devait connaître l'existence, car il s'était muni d'un long tournevis très efficace. Il retira du compartiment secret une liasse de lettres qui provoqua en lui une réaction d'intense satisfaction : il haussa un sourcil.

Voltaire avait ouï dire que la Tencin s'était livrée à des tripotages financiers à l'époque de la Régence, quand elle était jeune, belle, et qu'elle fricotait ardemment avec les ministres. Cet homme-ci n'était pas ministre, mais il avait dû se compromettre assez gravement pour s'exposer à payer longtemps le silence de la péronnelle.

– Il fut un temps où Claudine et moi nous aimions d'amour tendre. Je vais détruire ces lettres et conserver le souvenir de ce temps-là.

– En d'autres termes, lorsque la police posera la question, vos condoléances seront la raison officielle de votre visite, dit le « cousin ».

Le visiteur sans nom s'inclina.

– Exactement, M. l'abbé Voltaire. Gardez le silence à mon sujet et je ferai de même pour vous.

« Et un suspect de plus ! », se dit l'abbé Voltaire dès que son hôte fut parti. Cette chasse au meurtrier rendait davantage que la récolte des champignons.

Un rapide inventaire du placard à chaussures permit à St Voltaire, patron des cordonniers, de constater que les souliers qui allaient avec la robe étaient bien là. Ils étaient en parfait état, Claudine n'avait aucune raison d'en enfiler d'autres, surtout d'une couleur qui jurait si affreusement avec sa tenue. Cette femme avait une conscience trop précise des apparences pour commettre un tel impair. Pierre-Charles Roy, en revanche, n'était certainement pas le parangon des élégances. Ni l'inconnu aux doublons qui venait de sortir.

Quoi qu'il en fût, Voltaire avait récupéré sa canne, rien ne le retenait plus ici. Il n'était que temps. Dans l'escalier, il croisa des messieurs qui montaient de ce pas alerte et sonore propre aux hyènes, aux chacals et aux officiers du roi en visite domiciliaire. Après les avoir salués conformément à la bonne éducation d'un représentant de Notre Sainte Mère l'Eglise catholique, apostolique et romaine, il s'immobilisa sur le palier du dessous et entendit les exempts expliquer à Colette qu'ils étaient à la recherche d'une canne à pommeau en tête de canard. Ils entrèrent fouiller et la porte se referma sur eux.

Voltaire quitta la maison du pas tranquille d'un ecclésiastique qui ne vient pas de soustraire un bout de canard ou une pièce à conviction aux appétits des forces de l'ordre. Pas question, cependant, de conserver par-devers lui une arme qui pouvait envoyer son possesseur à l'échafaud. A la rigueur, il voulait bien accepter de connaître cette fin pour ses écrits, les palmes du martyr sont la couronne des saints, mais non pour un crime qu'il n'avait pas commis, si forte qu'eût été l'envie. Il ne fallait pas laisser cet oiseau cancaner inconsidérément, ce canard devait prendre son envol vers d'autres cieux, la saison des migrations était arrivée.

Il entra dans la boutique d'un fripier, avisa un porte-cannes bien garni et y ajouta discrètement la sienne. Elle serait vendue à un quidam à qui il souhaitait de ne pas aller se promener sous les yeux des policiers.

CHAPITRE DOUZIÈME

*Où il est question de thym, de ciboulette,
et surtout de lauriers.*

À peine Voltaire fut-il sorti de chez Mme de Tencin que Pierre-Charles Roy y pénétra pour toquer à la porte de la célèbre épistolière.
— Madame n'est pas là, lui déclara Colette.
— Je le sais bien, malheureuse ! On ne parle que de sa mort dans tout Paris !
Saisie par l'atroce nouvelle, la servante se mit à pleurer dans un coin de son tablier qu'elle avait remonté jusqu'à ses yeux.
— Ecoute, ma petite, reprit l'oiseau de mauvais augure, je suis venu pour le cas où on prétendrait que j'étais ici la semaine passée.
— Oui, Monsieur ? répondit la jeune femme entre ses larmes.
— Ne me dis pas que tu te souviens de ma visite ?
— Mais si, Monsieur. Monsieur est parti en proférant des imprécations contre Madame.
— Pas du tout, je l'adorais, elle était le soleil de ma vie.
En réalité, il l'avait suppliée de soutenir sa candidature à l'Académie, il s'était traîné à ses genoux

jusqu'à ce que cette méchante fée le juge cuit à point. Elle avait alors posé des exigences chiffrées très au-dessus de ses moyens de librettiste. Il s'était fâché, le ton était monté, le postulant avait laissé échapper des mots qu'il regrettait à présent, surtout parce que ces mots pouvaient être interprétées comme des menaces, ce qui est toujours fâcheux quand l'objet des menaces vient d'être repêché dans un fossé bourbeux.

– Mon souvenir à moi, dit Roy, c'est que j'ai manqué ce rendez-vous. Je ne suis pas venu.

Une pièce apparut dans sa main, mais celle de la servante resta tendue vers lui, même après qu'il eût déposé le métal brillant dans cette paume avide.

– Monsieur, on ne manque pas un rendez-vous avec une dame comme Madame.

Une deuxième pièce rejoignit la première, et une poche du tablier les engloutit toutes les deux. La porte s'ouvrit alors en grand et Roy fut agrafé par la police qui campait dans le vestibule.

Les exempts étaient enchantés de leur célérité. Déjà un suspect ! L'enquête avançait au galop ! Il y avait des primes pour les inspecteurs quand les assassins étaient roués moins d'un mois après avoir commis leur crime. Ils ficelèrent l'imprudent avec toute la tendresse du chasseur qui ramasse une poule d'eau tombée morte de frayeur à ses pieds. C'était à peu près l'état du libelliste.

Soucieux de rompre avec ses échecs passés, l'assassin avait opté pour un costume de rubanier qui se portait avec un simple panier en osier garni d'un grand nombre de petits rouleaux de tissus en fil de soie, sans compter les lacets à corsets. Ces derniers, surtout, étaient fort commode pour étrangler le client au détour d'une ruelle. Il avait constaté le peu de prédilection de ce petit bonhomme à perruque longue pour les ruelles, mais la commodité de sa couverture d'aujourd'hui lui donnait bon espoir de le coincer tout de même. Il serait content de mettre fin à cette mission, cette course à l'échalote commençait à lui coûter cher en accessoires.

Aussi ne fut-il guère ravi, alors que les deux hommes longeaient la rue Saint-Honoré à la suite l'un de l'autre, quand une dame lui saisit le bras.

– C'est combien, les rubans ? Vous en avez de cramoisis ? Ils se lavent ?

– C'est fermé, Madame, répondit le marchand ambulant en essayant de se libérer pour continuer d'ambuler.

– Qu'il est joli, celui-ci ! s'obstina-t-elle en piochant dans le panier. Vous le faites à combien ?

– Trois sous, répondit le tueur pour se défaire de l'acheteuse à la griffe l'acier.

– Trois sous ? Mais c'est pour rien ! Hé, les filles ! cria-t-elle avec l'enthousiasme du pêcheur qui a ouvert une huître perlière. Vincelette ! Prudence ! Perline ! Montaine ! Suzelle !

Assailli par la moitié des habitantes du quartier, toutes décidées à acquérir les rubans à trois sous, leurs piécettes à la main, l'assassin comprit que tout espoir d'utiliser ces articles de la manière prévue était fichu.

Il était toujours occupé à batailler avec la clientèle quand Voltaire entreprit de cuisiner son repas sur les conseils de Rogatien. L'écrivain avait reçu une bouteille de lacryma christi, un vin qu'il avait toujours rêvé de goûter. On le tirait de vignes cultivées sur les pentes du Vésuve, ce volcan napolitain dont les fureurs avaient coûté la vie aux habitants de Pompéi.

– Comment l'avez-vous eue ? demanda le cuisinier.
– C'est le cadeau d'un admirateur.

— Il y a des gens qui vous aiment bien.

Il existait une légende pour expliquer la suavité de ce nectar. Un jour qu'il était de passage dans la région, le Christ s'était arrêté chez un ermite qui lui avait servi, pour désaltérer le Fils de Dieu, une boisson à peine potable. Sans doute déçu d'avoir fait tant de chemin depuis Jérusalem pour si peu, Jésus avait versé quelques larmes sur l'infâme piquette, qui s'était immédiatement changée en ce vin miraculeux. Une autre explication était que les vignerons napolitains n'utilisaient que des grains à surmaturité, récoltés lorsqu'ils laissent exsuder des « larmes » de sucre – mais c'était là une version pour les impies.

Rogatien avait ouvert la bouteille, dont il reniflait le goulot avec une mine dubitative.

— A votre place, je ne m'y fierais pas. Ne savez-vous pas que les vignes du Vésuve appartiennent toutes aux jésuites ?

— Pourquoi les jésuites me voudraient-ils du mal ? dit Voltaire. Ce sont eux qui m'ont éduqué !

— N'avez-vous pas parlé de religion dans une pièce ou dans un traité, récemment ?

Voltaire réfléchit un instant.

— Je vais vider cette bouteille dans un seau, déclara-t-il en empoignant le cadeau douteux.

— Si on vous envoie du chypre, du samos ou du syracuse, prévenez-moi, dit Rogatien. Je connais l'odeur des substances néfastes.

— Et si c'est du malaga ?

— Prévenez-moi plus vite !

Le valet du traiteur considéra les victuailles entreposées autour d'eux dans la cuisine, ces jambons, ces courges, ces sacs de grains et de farines.

— Allons dîner dehors !

Voltaire s'étonna. Où pourraient-ils mieux manger qu'ici ?

– Je veux bien m'empoisonner, mais je veux que ce soit agréable !

Rogatien connaissait un lieu. Ce n'était pas loin, ils cheminèrent de concert, Voltaire côté mur, son guide côté chaussée, pour éviter à l'écrivain d'être éclaboussé par les voitures. Tandis que le cuisinier jetait des coups d'œil autour d'eux comme s'il craignait quelque mésaventure, le futur académicien se lança dans une comparaison de l'art culinaire et de son travail.

La littérature aussi avait ses recettes. Peu importait que l'ont prît un plat sujet tant qu'on bouillait d'indignation. L'important était de saler les situations, d'épicer les descriptions et de pimenter les dialogues. Pour faire revenir le lecteur, mieux valait faire sauter les mauvais passages, quitte à allonger la sauce. Il fallait écraser les incohérences, assaisonner ses propos de remarques acides et étouffer son amertume. Le récit se servait chaud, saupoudré d'idées croustillantes.

– Cela a l'air savoureux, dit l'auditeur, qui avait suivi tout ça d'une oreille distraite.

Il lui fit emprunter l'entrée de service d'un hôtel particulier qui devait être magnifique, car même les communs étaient vastes et harmonieux. Les cuisines étaient équipées de tout le matériel moderne – marmites et casseroles en cuivre rutilantes, petits fourneaux à charbon pour les sauces et les gâteaux, cheminée assez large pour contenir un bœuf. Quant au personnel, il était nombreux et efficace, du gâte-sauce au rôtisseur. Rogatien avait visiblement ses habitudes dans la maison. On les installa dans un coin d'où ils purent assister au ballet des mitrons, sauciers, entremétiers... On posa devant eux des plats qui revenaient presque intacts de la table des maîtres. Le service à la française impliquait de proposer en même temps une multitude de mets aux convives, qui ne goûtaient qu'une petite partie d'entre eux en attendant la fournée suivante. C'était la gastronomie de l'abondance et du chipotage.

On leur servit un potage aux truffes encore chaud dans sa soupière d'argent ciselé, des truites au coulis d'écrevisse, une tourte de langue de mouton pour ainsi dire intacte, une terrine de sarcelles aux lentilles à laquelle personne n'avait touché, et une tarte au massepain à peine entamée.

– On mange bien, ici, non ? dit Rogatien.

Lentilles, légumes à l'eau, fruits de mer et viandes blanches, le repas semblait avoir été concocté pour Voltaire, c'était tout ce qu'il aimait. Il souhaita savoir qui était le cher Lucullus qui répandait sur lui ses bontés – il avait l'habitude de faire le pique-assiette chez des gens qu'il connaissait, cette situation était nouvelle pour lui. Rogatien posa un doigt sur ses lèvres grasses : ils n'étaient pas censés être ici, tout cela devait rester secret.

La curiosité rongeait Voltaire, elle gâtait presque son appétit, il serait volontiers revenu ici côté salons. Le restaurant n'ayant pas encore été inventé, on se disputait les invitations aux bonnes tables des nobles et des grands bourgeois, or la place naturelle des écrivains lui semblait être plutôt sous les lambris qu'en cuisine avec les domestiques. Selon une coutume établie, les cuisiniers préparaient toujours trop à manger, la nourriture ne se conservait pas, si bien les gens riches ne mégotaient pas sur les assiettes supplémentaires.

Si français que fussent les plats qu'on leur servait, le lieu avait quelque chose d'allemand : une profusion de saucisses pendaient du plafond, et les provisions de choux entassées sur un confiturier dépassaient de beaucoup les appétits habituels des Parisiens pour ce légume. Il vit passer sur un plateau d'argent une assiette de Königsberger Klopse, des boulettes de viande dans une sauce blanche avec des câpres. Il en avait mangé lors d'un repas avec Frédéric II, la seule Majesté qui savait apprécier les philosophes à leur juste prix. Outre la viande de porc hachée, on y mettait des œufs, des oignons, du hareng, voire de l'anchois, ce qui n'avait aucun sens pour un palais français, avec des épices d'Europe centrale difficiles à trouver à Paris. Il n'y avait qu'une explication possible : il dînait chez l'ambassadeur de Prusse, en cachette de Son Excellence !

Qui était Rogatien ? Avait-il ses entrées chez tous les diplomates de la capitale ? Voltaire s'attendit à déguster bientôt des tagliatelles chez le comte Rigatoni et du gibier sauce à la menthe chez Lord Worcestershire.

Tout en mastiquant ses légumes, il se posa une autre question. Qui avait-il pu énerver au point de déterminer cette personne à lui adresser un vin empoisonné ? Mis à part les jansénistes, bien sûr. C'était sans doute en ce moment l'ignoble Pierre-Charles Roy qui le haïssait le plus. Il y avait aussi l'assassin de Mme de Tencin, qui n'avait sûrement pas envie qu'on l'attrape. « Pourvu qu'il s'agisse du même individu ! », se dit Voltaire. Envoyer Roy en prison serait plus délicieux que la dégustation des lentilles en train de nager dans la sauce brune qui noyait son assiette.

CHAPITRE TREIZIÈME

*Où l'on constate que le bâton opère mieux
sur les ânes que sur les philosophes.*

Le sacerdoce au service de la justice, la lutte pour l'équité, la recherche des assassins, c'était bien beau, mais la littérature avait un point commun avec le soufflé au fromage : elle n'attendait pas.

Un libelle contre Voltaire avait été publié – ce n'était que le troisième depuis janvier, on pouvait considérer 1746 comme une petite année –, des amis lecteurs l'avaient vu en librairie, il importait de mettre fin à un scandale qui menaçait l'effort de la philosophie en marche.

Voltaire reprit son bâton de pèlerin et courut présenter ses doléances au commissaire du quartier. Un mauvais sujet, qui croupissait déjà dans un cul de basse-fosse pour avoir martelé une épistolière à coups de canard, avait commis un pamphlet ordurier qui serait parfait pour un autodafé dans la cour du Châtelet. Lui-même, le plaignant Voltaire, avait payé le prix fort pour savoir que le pouvoir tenait à contrôler tout ce qui se publiait. Il souhaitait porter plainte afin que les complices du dévoyé soient saisis, interpellés, enfermés, fustigés, tancés et, si possible, sévèrement châtiés.

Il avait obtenu un arrêt contre ceux qui vendaient

l'ouvrage honteux. Il fallait à présent s'emparer des exemplaires que des libraires, inconscients des hautes responsabilités de leur sacerdoce, se permettaient d'écouler sous le comptoir, là où ils cachaient d'habitude de fort bons traités philosophiques condamnés par les mêmes institutions judiciaires. Bref, la chasse était ouverte.

Voltaire ayant agité le document légal d'une main et un louis d'or de l'autre, le commissaire perçut l'urgence de la situation, aussi les perquisitions débutèrent-elles *subito*. L'écrivain n'hésita pas à guider la brigade de répression des mauvais plaisants, et même à surveiller si elle accomplissait bien la tâche voulue par tous les amis de la tolérance. Il avait dressé une liste de libraires soupçonnés de semer le chaos dans les esprits en contravention avec la loi – la loi voltairienne qui voulait que quiconque disait du mal de Voltaire devait être condamné au carcan, au pilori, au fouet et aux galères. En tête de sa liste figuraient les marchands du pont Neuf, ces rustres armés de roulottes et de boîtes qu'ils remplissaient de la pire littérature imaginable, sans considération pour les âmes sensibles, les lecteurs fragiles et les auteurs soucieux de leur réputation.

Le plaignant prodigua ses instructions à ses troupes aux abords du pont, puis fut se cacher dans une boutique toute proche, où il attendit les résultats. Les inspecteurs pêchèrent des exemplaires illicites chez la Bienvenu, chez la veuve Delormel et chez Josse, un récidiviste qui avait déjà commis une édition pirate des *Lettres philosophiques*.

On fit monter les trois fautifs en charrette pour les conduire au cachot. L'arrestation de libraires était certainement une grande victoire pour la philosophie. A défaut de savoir qui avait martelé Mme de Tencin, Voltaire pouvait allonger la liste de ceux qui avaient envie de lui faire connaître un sort comparable.

La petite troupe au service de la liberté de penser débarqua ensuite chez un M. Travenol, coupable d'avoir imprimé les libelles. On trouva sur place un vieux Travenol qu'on arrêta et qu'on envoya à For-l'Evêque, la prison des vauriens, des endettés, des acteurs et des mauvais publicateurs. Il apparut bientôt qu'on avait saisi Travenol père, le fils ayant pris la poudre d'escampette.

– Oups ! fit l'écrivain. Une arrestation arbitraire ! Libérez-le !

Comme on ne sortait pas de For-l'Evêque si facilement qu'on y entrait, il se vit contraint de payer la caution du vieillard. Le sens de l'équité commençait à lui coûter un peu cher. Et pendant ce temps, les méchants libelles continuaient de courir Paris comme s'ils avaient eu des pattes ! Décidément, la bonté, l'humanité, la générosité, la compassion ne faisaient pas avancer la cause de la philosophie !

Le malotru suivant était un M. Mairault.

– Mairault ? dit le commissaire, qui commençait à avoir mal aux pieds à force de protéger le progrès. Où habite-t-il encore, celui-là ?

– Je vais vous emmener !

Voltaire escorta les archers dans la rue des Petits-Augustins et leur désigna le domicile de ce Mairault, un érudit épicurien qui appréciait la vie des lettres jusqu'à prendre le risque de fréquenter les ennemis de Voltaire.

Ce que ces messieurs ignoraient en forçant la porte à coups de bélier, c'était que le malheureux Mairault était alité en raison d'une maladie grave dont il se préparait à mourir. Les policiers ne trouvèrent chez lui qu'une feuille manuscrite, une lettre adressée au nommé Travenol. Complicité ! Recel ! Entente pour nuire à écrivain !

Il apparut que le mourant avait lu le libelle de Pierre-Charles Roy pour se distraire de ses douleurs. Voltaire promit de lui envoyer ses propres œuvres, elles le distrairaient dans le respect des idées de tolérance défendues par l'auteur. Il importait de se distraire avec discernement et de mourir en odeur de sainteté voltairienne. Puis il donna au grabataire l'absolution socratique et quitta cette maison avant qu'on ne s'avise de lui apprendre, cerise sur le gâteux, que cette maladie était contagieuse.

A vrai dire, il se sentait lui-même un peu mal à l'aise, voire nauséeux. Toujours prêt à pourfendre ses ennemis avec la fougue impitoyable de Saint Michel, il oubliait parfois que ses démons n'étaient pas des anges déchus mais des créatures de chair et de sang ; il ne les envoyait pas en enfer pour y attendre le jugement dernier en orgies et autres délicieux sévices ; c'était des hommes qu'il blessait et maltraitait. Bien qu'agnostique, il avait tendance à s'asseoir sur le trône céleste d'où le Bon Dieu était censé juger les bienheureux et les damnés. Sa brillante intelligence ne lui permettait pas de se dissimuler qu'il commettait certains excès au nom de la vérité. Il s'offrait des Saint-Barthélemy de ses contempteurs, il était le Torquemada de la liberté, ce qui n'était pas sa contradiction la plus facile à assumer.

Enfin, il n'était pas de paradoxe que cinq tasses de café ou un plat de lentilles ne puisse aider un écrivain à rejeter au second plan de ses préoccupations.

Une de ses poches contenait un papier de Claudine qu'il y avait fourré pour plus tard. Plus tard, c'était maintenant. Il avait entre les mains un bon pour retirer du matériel déposé chez un imprimeur. Les imprimeurs, Voltaire les connaissait tous, de même que le fourmilier sait par cœur l'emplacement de toutes les bonnes termitières sur son territoire.

Cet imprimeur-là détenait l'ultime manuscrit de la Tencin, un roman sentimental prévu pour devenir un succès de scandale, car il s'agissait visiblement d'un roman à clés.

L'histoire se passait à la campagne, dans le village de Baroville, entre Troyes et Chaumont. Un homme important venu de Paris demandait l'hospitalité au curé au motif que sa voiture avait brisé un essieu sur la route. Le jour suivant, on trouvait le curé empoisonné, et une page avait été arrachée dans le registre paroissial où étaient consignés les naissances, les mariages et les décès.

– C'est mauvais, c'est très mauvais, c'est exécrable, dit Voltaire sans cesser de tourner les pages.

C'était aussi tout à fait prenant. Il avait sous les yeux un récit populaire plein d'écarts de conduites, de trahisons, d'arrivisme, de mauvais sentiments tout à fait délicieux... Une dame du lieu était menacée de mort. Elle avait, dans sa jeunesse, épousé un garçon qui avait aussitôt quitté le pays pour tenter sa chance dans la capitale. Intelligent mais démuni, il avait cherché fortune au sein de l'Eglise. Seulement les carrières religieuses n'était pas faites pour servir les ambitions des hommes mariés. Parvenu aux honneurs, il avait voulu couper les liens avec un passé gênant, d'où le meurtre du curé, gardien du livre où était inscrit son mariage, puis les menaces contre l'épouse qui n'avait pas eu la bonne idée de succomber dans des conditions naturelles. Suivait une histoire de fille cachée, d'une sensiblerie révoltante (mais passionnante), dans laquelle la Tencin déployait ce pathétique qui faisait larmoyer ses lectrices et sourire son banquier.

Le méchant s'appelait Vautrin, un beau nom de crapule ; la fille cachée promenait ses jupes depuis Versailles jusqu'aux pires bouges parisiens sous le joli pseudonyme de « Mlle de Rubempré », comme toutes les héroïnes des romans de ce genre ; seule la mère bafouée portait un nom idiot : Mingon. Qui pouvait ressentir de l'empathie pour Mme Mingon ? Voltaire se félicitait de ne connaître aucun Mingon, il ne faisait pas partie des gens qui fréquentaient des Mingon. Comment la Tencin pouvait-elle s'être fourvoyée jusqu'à utiliser un patronyme pareil ? La mère Mingon ! Pourquoi pas Goriot ou Grandet, tant qu'on y était !

Voltaire s'arrêta chez le traiteur pour y prendre livraison d'un plat que Rogatien lui avait promis pour son dîner. Quand il déclara qu'il venait de sa part, le patron eut la même réaction que s'il n'avait pas compris le français.
— Qui ça ?
— Rogatien. Votre garçon livreur. Le grand avec les épaules et le menton.

Le rôtisseur se tourna vers une personne aussi musclée qu'un fort des halles, qui attendrissait délicatement un morceau de viande à coups de battoir dans le fond de la salle.
— Pimprenelle, tu as engagé un valet du nom de Rogatien ?
— Roga-quoi ? Ben non, ça ne plairait pas à Firmin, qu'on lui prenne son travail !
— Vous aurez mal entendu, dit le traiteur. Que dites-vous que vous deviez prendre ?

Voltaire énuméra la liste des nourritures terrestres prévues pour son alimentation.
— Ah, on fait pas ça, nous, dit le cuisinier. Vous préférez pas une bonne daube ? C'est la semaine du lard, en ce moment.

Voltaire eut la même expression qu'un colonisateur

espagnol à qui des sauvages proposeraient un rôti de cuisse avec dessus un tatouage où l'on pourrait lire « A Maman pour la vie ».
– Rogatien ? répéta-t-il d'une voix faible.
– Ce bonhomme n'a jamais travaillé ici ! déclara le rôtisseur. Peut-être confondez-vous avec en face ?
Par la fenêtre, Voltaire vit la boutique d'un friteur d'où ces délicieux plats avaient encore moins de chance de provenir.
La fée au battoir montra plus d'agilité cérébrale que son époux.
– Ah mais dites-moi ! déclara-t-elle entre deux fessées morbides. Ça serait-y pas cet hurluberlu qui est v'nu l'aut' jour ? Celui qui nous a acheté toute une réserve d'étiquettes au nom de la rôtisserie ?
Ce personnage bizarre avait aussi payé pour qu'ils lui concoctent un menu spécial. On l'avait fait régler d'avance, personne n'aurait accepté de manger des cochonneries pareilles.
Voltaire refusa de croire que l'incident avait le moindre rapport avec ce qui l'amenait, il ne connaissait aucun personnage bizarre, juste d'éminents auteurs parisiens.
Le patron retrouva la liste des plats commandés : tourte de godiveau[16], pâté de barbote[17], potage aux profiteroles et salpicon[18]. Voltaire tomba des nues. C'était son menu de l'avant-veille !
La première surprise passée, il ne vit là rien de très extraordinaire. L'adulation de ses lecteurs était son lot quotidien, elle les poussait parfois à des accès d'une générosité un peu déplacée, peut-être, mais tout à fait en

---

[16] Hachis de crêtes de coq et de champignons.
[17] Poisson de rivière.
[18] Fond d'artichaut truffé.

rapport avec l'importance de son œuvre littéraire.

Le traiteur s'essuya sur son tablier, où ses mains laissèrent des traces sanglantes.

– Il nous a dit que tout devait être préparé avec finesse, sans trop de gras, que c'était pour un penseur fragile du ventre.

– Je vois, dit Voltaire, vous l'avez pris pour un admirateur qui désirait me rencontrer incognito...

– Oui, voilà, nous l'avons pris pour un fou inoffensif.

Cette interprétation scandalisa le dîneur.

– Un fou ! Et vous me l'avez envoyé !

A bien y réfléchir, mieux valait être nourri par un fou qui vous aime que par un ennemi sain d'esprit comme il en avait tant.

De retour chez lui, il vit qu'il avait mal compris ce que Rogatien lui avait dit à leur dernière rencontre. Son dîner avait déposé à son intention, dans un panier d'osier agrémenté d'une étiquette où l'on pouvait lire d'une jolie écriture à l'encre bleue : « Avec les compliments de la rôtisserie Rastignac. »

CHAPITRE QUATORZIÈME

*Où les assassins se révèlent
les meilleurs alliés des immortels.*

Voltaire apprit avec plaisir que son ami Moncrif avait fait toutes les visites qu'il aurait dû rendre lui-même aux académiciens en vue de son futur triomphe électoral. Son émissaire était très satisfait d'avoir trouvé une suggestion imparable pour ces messieurs : s'ils couvraient Voltaire d'honneurs, peut-être cesserait-il enfin d'écrire ? Ses interlocuteurs étaient tombés d'accord sur l'idée que les muses de l'histoire, de la poésie et de la tragédie leur en seraient reconnaissantes (et plus encore la muse Polémika si elle existait).

– Je leur ai fourni un argument, là ! dit Moncrif, enchanté de son à-propos.

Voltaire ne répondit rien, il était trop occupé à empêcher sa mâchoire de se décrocher.

– Et puis, poursuivit son porte-parole, je leur ai mis en tête qu'il valait mieux vous avoir avec eux pour une séance du Dictionnaire, à vous écouter débiter des méchancetés sur les absents, plutôt que vous savoir au café en train d'en débiter sur eux ! Ils seraient au moins tranquilles un jour par semaine !

– Merci, dit Voltaire, c'est trop de bonté.

Des éloges injurieux, des conseils dégradants, un

panégyrique diffamatoire... Avec des amis comme celui-ci, plus besoin d'ennemis.

L'écrivain faisait un tour près de la Seine pour se changer les idées quand il eut la bonne fortune de tomber sur un marchand de crayons ambulant. Ces hommes étaient la providence des dessinateurs et des auteurs. Leur manteau était aménagé en une infinité de petites poches d'où dépassaient toutes sortes de fusains, en plus des boîtes dans lesquelles ils transportaient les bouteilles d'encres et les plumes d'oies. Craies, sanguines, pierres noires, mines de plomb, tout était là, scié, coupé, aiguisé à souhait, jusqu'aux pastels.

– Avez-vous des plumes de bonne qualité, mon brave ? s'enquit le philosophe, toujours à la recherche du matériel qui lui permettrait de graver dans le marbre les idées sublimes qui traversaient son esprit.

– Et comment, mon prince ! Des meilleures ! dit le marchand en posant son paquetage au sol.

La boîte s'ouvrait en deux parties garnies de tiroirs où l'on découvrait flacons, plumes de différents oiseaux, et même des compas métalliques pointus. Voltaire les aurait aimés moins pointus quand le vendeur en abattit un violemment dans son dos, où l'instrument déchira la triple couche de liquettes en laine d'alpaga sans lesquels l'écrivain ne mettait pas le pied dehors avant le mois de mai.

« Un janséniste ! » se dit-il. Armé d'une plume, il n'aurait pas cédé un pouce à l'obscurantisme, mais dans la rue, à la nuit tombée, une retraite précipitée s'imposait. Alors qu'il tournait l'angle de l'église Saint-Jacques-de-la-Boucherie, il se heurta à un passant posté là. C'était M. de Bazas, l'évêque académicien. La providence donnait au vieil homme l'occasion de sauver

Voltaire deux fois, d'abord en l'aidant à échapper à son poursuivant, ensuite en promettant de voter pour lui.

– Eh bien, cher ami ? dit son futur partenaire de dictionnaire. Auriez-vous vu le diable ?

– On menace mon immortalité ! dit Voltaire.

– Votre immoralité ? répéta l'évêque.

L'écrivain voulut pousser le portail de l'église, mais il était fermé, comme chaque fois qu'un déiste cherchait les secours de la religion. En revanche, le clocher était ouvert. Voltaire entraîna son compère à l'intérieur.

– Où comptez-vous aller ? demanda ce dernier.

– Je prends de la hauteur ! C'est une technique de philosophe !

– Mais ça ne mène nulle part !

– Ne vous inquiétez pas, j'ai l'habitude !

Aucune subtilité des échappatoires et des faux-semblants ne lui était inconnue. Ils gravirent les marches qui colimaçonnaient jusqu'au sommet de la tour Saint-Jacques. Une fois là-haut, ils trouvèrent refuge parmi les cloches. Bazas s'étonna d'être beaucoup plus essoufflé que le polémiste à bouclettes.

– Vous avez de la vigueur pour votre âge !

– Je n'ai pas le choix, je suis forcé de rester en bonne santé ; sans cela, avec tous les ennuis qu'on me fait, je serais mort.

Ils s'installèrent entre les ouvertures qui donnaient sur les toits de Paris et les cloches utilisées pour annoncer les messes aux fidèles du quartier.

– Il n'osera pas nous poursuivre dans un lieu saint, on peut toujours compter sur la superstition. Qu'en pensez-vous, Monseigneur ?

127

– Oh, le respect envers notre Sainte Mère l'Eglise est heureusement très fort, nonobstant les attaques de certaines gens.

Jamais Voltaire n'avait été si content que ces attaques n'aient pas encore abattu l'hydre religieuse qui avait produit tant d'édifices.

– Et pour la disparition de Mme de Tencin, du nouveau ? demanda l'évêque.

Il n'y avait rien de nouveau du tout. Comme le silence était propre à l'angoisse, pour passer le temps, Voltaire parla de ses dernières lectures. Justement, il avait jeté un œil sur le dernier roman de la Tencin. Un texte ridicule à souhait : c'était les meilleurs. On ne lisait pas ces stupidités pour s'instruire mais pour se distraire, parfois au détriment de l'auteur qui les avait produites. Par exemple, dans son ouvrage posthume, Claudine racontait l'histoire d'un affreux ecclésiastique qui, dans une autre vie, s'était marié, ce qui est fâcheux puisque le mariage est un nœud sacré que seule la mort peut défaire.

– Je me suis d'ailleurs toujours demandé ce qui se passait quand on arrivait au paradis après avoir eu trois épouses ou trois maris. Je suppose que la bigamie interdite sur terre est permise au Ciel.

– Restez-en à ce passionnant récit d'imagination, lui recommanda l'évêque. Que se passe-t-il ensuite ?

– Des meurtres, des assassinats, des turpitudes... Je n'ai pas tout lu, je ne peux pas vous dire comment ça finit. Le méchant est forcément puni, sinon le lecteur serait déçu.

M. de Bazas l'écoutait avec une attention pleine de gravité.

– Où peut-on le trouver, ce livre ?

Voltaire répondit qu'il était sur les presses de l'imprimeur. Il continua de railler la bêtise du récit. Le méchant avait eu une fille avec sa femme cachée, la demoiselle bouleversait les plans de son abominable père en venant à Paris pour tenter de l'identifier. Ce qui entraînait une série d'événements scabreux tout à fait réjouissants... sauf pour l'épouse trahie, délaissée, menacée, cette Mme Mingon.

— Quel nom ridicule ! dit Voltaire. De toute évidence, la Tencin était à court d'imagination quand elle l'a choisi. On dirait une anagramme à partir d'un nom encore plus idiot. C'est ce que j'ai fait moi-même quand j'ai commencé à écrire. Tous les gens sérieux devraient changer de nom !

Alors seulement Voltaire comprit. Le nom de famille de l'évêque de Bazas lui revint à l'esprit. Une histoire de page arrachée dans un registre paroissial.... Le curé de Baroville tué...

— Le gros du récit est de l'invention de Claudine, dit Edme Mongin. Je vous prie de croire que je n'ai pas de fille cachée.

Voltaire blêmit. L'évêque était marié ! Claudine l'avait découvert ! Elle comptait en faire ses choux gras ! L'aventure lui avait inspiré le sujet de son nouveau roman. Elle allait révéler le pot-aux-roses. Son récit serait lu chez des gens qui connaissaient M. de Bazas, les volumes circuleraient, on la lirait dans tous les salons littéraires d'Europe. Cette sentimentalité était dans l'air du temps, ce serait un succès. Fatalement, quelqu'un ferait le rapport entre le Mingon du récit et le Mongin de Baroville... On se souviendrait de l'assassinat et du registre mutilé... Mongin perdrait tout ! Fortune, situation, réputation, amis, alliés... Il ne pourrait même pas finir sa vie au fond d'un monastère, il serait défroqué, chassé de l'Eglise et de l'Académie. Et pour finir, roué en place publique. Quelle réclame pour ce roman !

A voir son interlocuteur plongé dans ses réflexions, Edme Mongin n'avait pas de mal à suivre le fil de ses pensées. Le regard qu'il posait sur l'écrivain était celui d'un oiseau de proie.

Voltaire vit tout à coup son élection à portée de main. Il venait de gagner un partisan facile à motiver !

– Vous allez voter pour moi, n'est-ce pas ? En souvenir du curé de Baroville !

– Mais comment donc, mon cher ami, dit l'évêque d'une voix glaciale. Avec plaisir.

Voltaire se dit que si l'Académie était pleine d'assassins sur lesquels il pouvait faire pression, son élection était dans la poche. Enfin une victoire pour la philosophie !

Un doute lui vint. Emporter le vote des assassins, très bien ; mais dans quelle mesure pouvait-on leur faire confiance ? Voltaire avait lu dans son enfance la fable du scorpion qu'une grenouille fait traverser un ruisseau ; à mi-chemin, le scorpion la pique, tous deux sombrent et se noient parce que l'insecte « ne pouvait pas aller contre sa nature ». Comment raisonner un homme pour qui la vie humaine n'est rien ?

De son côté, l'évêque tenait un raisonnement équivalent. Il n'allait pas laisser vivre une pipelette encore plus virulente que la Tencin, il n'aurait pas de paix tant que la menace Voltaire ne serait pas éteinte.

L'écrivain sut tout à coup quel expéditeur pernicieux lui avait envoyé cette bouteille de Lacryma Christi empoisonnée. Pauvre Pierre-Charles Roy ! Ce n'était qu'un honnête sacripant, après tout. La vraie brute était en face de lui et le dévisageait de l'œil fort inquiétant d'un héron guettant un vermisseau.

– Combien j'ai eu raison de toujours me méfier du mariage, dit Voltaire. Voilà au moins un péril que j'ai évité !

Il en restait hélas d'autres plus proches de lui, notamment à cet instant. Il importait de détourner Edme Mongin des sinistres projets qu'il avait l'air de nourrir.

– Je vais vous poser des questions, dit Voltaire. Vous avez prononcé des vœux, interdiction de me mentir ! Avez-vous l'intention de me tuer ?

M. de Bazas n'eut aucune difficulté à répondre du tac au tac avec la plus parfaite franchise.

– Moi ? Point du tout, je vous l'assure.

Voltaire poussait déjà un soupir de soulagement quand l'évêque acheva sa pensée.

– Pourquoi me salirais-je les mains alors qu'il y a là, en bas, un monsieur disposé à me rendre ce service pour une somme tout à fait raisonnable ?

Il allait livrer le petit penseur chevelu à l'assassin recruté voici plusieurs jours. Bien sûr, mieux aurait valu faire le travail soi-même. Mais l'idée de tuer lui répugnait. Il avait expédié la Tencin sous l'effet de la colère, mais n'était pas assez fâché contre Voltaire pour lui défoncer le crâne à coups de canne.

– Ah, si vous aviez commis un petit libelle à mon endroit, je ne dis pas : vous m'auriez facilité le travail.

– Cela peut encore se faire, proposa Voltaire. Laissez-moi huit jours !

L'évêque regrettait d'avoir tué la Tencin lui-même : c'était risqué, la preuve ! On se laissait aller à un geste d'agacement sur une romancière impertinente, et on se retrouvait dans un clocher du Moyen-Age en compagnie d'un petit démon horripilant. L'affaire Voltaire était mieux engagée, personne n'identifierait jamais le coupable, et le commanditaire encore moins.

Le futur trucidé envisageait l'avenir d'un œil sombre. Etranglé par un inconnu dans une rue boueuse ! Pire encore : si son agresseur le délestait de ses vêtements, il était possible que la police ne mette jamais aucun nom sur son cadavre, surtout si le monstre prenait soin de le jeter discrètement dans la Seine à la faveur de la nuit. Voltaire avait l'habitude de quitter Paris à l'improviste après avoir commis un impair – c'est-à-dire en général trois mois après son arrivée. Un jour, quelqu'un songerait qu'on ne le voyait plus. On penserait qu'il avait fui l'humiliation de ne pas être académicien. Quelle ironie !

– Et si je suis élu ? objecta-t-il soudain. Vous ne vous en tirerez pas comme ça ! On me cherchera, ne serait-ce que pour la cérémonie de réception ! Le roi d'admettra pas qu'on lui tue ses académiciens !

– Croyez-moi, dit Edme Mongin : je vais m'employer à éviter que cela ne se produise.

Quelle injustice ! On voulait empêcher son cadavre d'entrer à l'Académie ! Alors que tant de morts-vivants y siégeaient déjà ! Maltraité jusque dans la tombe ! C'était plus qu'il n'en pouvait supporter. Il se leva d'un bond et se précipita vers la sortie, quitte à bousculer son tourmenteur au passage. Renverser un évêque d'une grande bourrade dans l'estomac n'était certainement pas faire preuve d'excellentes manières pour un futur parangon des belles-lettres, mais les philosophes devaient parfois se montrer pragmatiques.

Il dévala l'escalier et regagna enfin le sol ferme. Ce fut pour se trouver nez à nez avec le marchand de crayons, toujours armé de son matériel et disposé à s'en servir. Il brandissait à présent un flacon. L'écrivain ne fut pas long à deviner ce qu'il contenait. Fabriquer de l'encre nécessitait quelques noix de Galles concassées cuites à l'eau, un peu de gomme arabique, du sucre candi pour lui donner un aspect luisant, de l'alcool pour l'empêcher de geler l'hiver, et... un doigt de vitriol.

— *Qualis artifex pereo*[19] ! cria Voltaire au moment de recevoir le liquide mortel sur la figure.

Le bras menaçant s'abattit sur l'écrivain et le reste de l'assassin suivit. L'ignoble poulpe cracheur d'encre manqua écraser sa proie en basculant en avant, la pensée du siècle ne dut son salut qu'à un pas de côté, méthode fort nécessaire aux écrivains qui voient fréquemment foncer sur eux toutes sortes de calamités.

L'assassin gisait dans un vol de petits oiseaux rôtis, bardés de lard, fourrés et cuits dans des feuilles de chou. Derrière lui se tenait Rogatien, qui venait de l'assommer avec le dîner de son client. Celui-ci contempla les mauviettes[20] qui avaient assommé son agresseur.

— Du chou au gras ? Vous voulez me tuer ?

— Je reconnais que ce plat était plus lourd que je ne le croyais, admit le livreur.

Ni l'un ni l'autre ne jugea utile ou prudent de rester là, il s'éloignèrent d'un pas rapide, mais se heurtèrent bientôt à un tas de chiffons qui traînait au pied de la tour. Ces chiffons étaient les vêtement de M. de Bazas, avec M. de Bazas à l'intérieur. Il était couché sur le dos, les yeux grands ouverts. C'était un drôle d'endroit pour faire un somme. Du sang lui faisait autour de la tête une auréole rouge.

— Mais il est mort ! s'exclama Voltaire.

— Eh oui, dit Rogatien, ça nous arrive à tous, on n'a pas encore trouvé le remède.

Rogatien parut bien ferré sur ces questions, pour un cuisinier philosophe. L'horrible vérité se fit jour. En

---

[19] « Quel artiste meurt en moi ! » Les derniers mots de l'empereur Néron acculé au suicide.

[20] Sorte d'alouettes.

bousculant l'évêque, Voltaire lui avait occasionné une chute mortelle à travers l'ouverture du clocher.

– Il est tombé de haut, avec vous, dit le cuisinier.

Cet homme était mort d'une glissade sémantique qui l'avait opposé à l'argument inébranlable d'une dalle de granit.

– L'Eglise s'est vengée ! se défendit le penseur. Je n'ai fait que lui infliger une infime pichenette. Un souffle, un zéphyr, une caresse ! Ce n'est pas ma faute si ce prélat ne tenait pas sur ses jambes !

Ils s'éloignèrent d'un pas aussi naturel que possible, aucun des deux n'ayant envie d'expliquer aux autorités religieuses la part qu'il avait prise à cette tentative tout à fait ratée de se rapprocher du ciel.

Une fois à l'abri, Voltaire exprima à son sauveur son admiration pour cet art exceptionnel du jeter de chou farci.

– Mon ange gardien ! Je vous ai donc converti à la philosophie !

Dans un deuxième temps, il lui sembla que le sauveur avait quelques explications à fournir.

– Qui êtes-vous vraiment ?

– Je suis votre ami, répondit Rogatien. Comme l'est le roi de Prusse, mon maître.

La Prusse avait donc des agents de cette qualité ! La France était fichue ! Voltaire se prépara à aller s'installer de lui-même à Berlin avant qu'on ne l'y traîne, la corde au cou, façon trophée de guerre, comme Vercingétorix après la chute d'Alésia. Qu'est-ce que le roi de Prusse aurait pu trouver de mieux que lui à ramener dans sa capitale ? Mme de Pompadour ? La Joconde ?

Il apparut que Rogatien était, auprès de l'ambassadeur de Prusse, un secrétaire chargé des services spéciaux.

– Les services spécieux ?

– Je le débarrasse des gêneurs qui font obstacle à la diplomatie du roi mon maître.

Autant dire que Rogatien était lui-même un tueur ! Le philosophe eut un mouvement de recul. On avait donné à cet homme la mission de protéger Voltaire, mais, dans d'autres circonstances, cela n'aurait-il pas pu être le contraire ?

– Par bonheur, vous voilà converti à la philosophie, je ne crains rien.

Rogatien ne broncha pas.

– La philosophie vous empêche de tuer des gens, vous ? demanda-t-il.

Certes, combien de curés hypocrites, de poètes miteux, d'adversaires médiocres n'avait-il pas assassiné d'un coup de plume trempé dans l'arsenic de son ressentiment ? D'ailleurs, des trois tueurs, le plus dangereux avait été l'académicien.

Voltaire réfléchit. Son ange gardien s'était intéressé à lui bien avant qu'on n'apprenne qu'un assassin était à ses trousses. Qu'est-ce que cela voulait dire ?

– Quelle est exactement la mission que vous a confiée le roi de Prusse, mon ami ?

Son maître avait chargé Rogatien de couver le philosophe, de lui montrer les qualités de la cuisine allemande... en un mot, de veiller sur ce trésor national qu'était Voltaire.

– Mais je suis un trésor national français !

– Qui sait ! Il ne tiendrait qu'à vous de devenir un trésor national prussien...

CHAPITRE QUINZIÈME

Où la philosophie fait carton plein.

Émilie du Châtelet rentra de Bruxelles le 25 avril 1746 avec une abondance de malles et de cartons. Ce fut pour retrouver l'ambiance de sa maison très chamboulée par les récentes activités de son philosophe préféré.

– Je pars quelques jours chez les Belges pour recueillir un héritage et devenir princesse, et vous trouvez moyen, pendant ce temps, de fomenter votre élection à l'Académie, de résoudre le mystère d'un horrible assassinat et de survivre à plusieurs tentatives de meurtre. Ne pouvez-vous rien faire comme tout le monde, mon bon ami ?

– Que voulez-vous ! dit bon ami. Je ne serai jamais comme tout le monde, je fais trop d'efforts pour être comme moi !

Il lui résuma ses aventures avec une limpidité aristotélicienne. Bohémond, le cousin abbé, piquait les doublons de sa cousine. Craignant une accusation de canardage, il avait remis l'argent en place. Il avait cessé de coucher dans le grand lit pour ne pas prêter le flanc à la critique si la police survenait. Or elle était survenue.

– Je ne comprends rien du tout, dit Emilie. Qui couche avec qui ?

– Peu importe ! dit Voltaire, qui n'aimait pas être interrompu quand il synthétisait sa pensée.

M. de Bazas n'était sûrement pas venu avec l'intention de tuer la Tencin. Il avait saisi le premier objet qui lui était tombé sous la main – la tête de canard – ce qui témoignait d'un violent accès de colère, d'un emportement irrépressible, d'une fureur de tout son être. Voltaire comprenait très bien cela. S'il avait eu à juger l'affaire au tribunal, il aurait acquitté l'évêque. Les circonstances n'étaient pas seulement atténuantes, elles étaient consternantes. Une autre main aurait fort bien pu abattre cette canne sur le crâne de l'épistolière, par exemple parce que la Tencin soutenait la candidature d'un mauvais poète nommé Roy.

– Le roi est mêlé à tout ça ? dit Emilie, stupéfaite.

– Pas du tout. Suivez un peu, que diantre !

A force de rouerie, de médisance, d'injures et de duplicité, certains auteurs en venaient à mériter les coups de bâton. Sauf bien sûr ceux qui se succombaient à ces travers au nom de la justice, de l'équité, et dans le but d'éclairer les populations accablées par l'obscurantisme : ces écrivains-là étaient des saints qu'il fallait glorifier à l'oral et par écrit. C'était le sens de toute sa vie.

– Qui voulez-vous éclairer à coups de canne ? demanda Emilie.

– Personne. Le voyage vous a fatiguée, non ?

Rogatien savait que quelqu'un avait placé un contrat sur la tête du fanal de la pensée. Ce dernier en avait profité pour convertir le cuisinier à la philosophie, ce qui avait parfaitement fonctionné : il avait assommé l'assassin avec des mauviettes. Tout cela aux frais du roi de Prusse, dont les services de renseignement surveillaient le trésor national. Or comment Voltaire irait-il un jour vivre à Berlin auprès de Frédéric s'il était

trucidé à Paris ?
– Cette course à l'Académie vous a échauffé l'esprit, constata Emilie. Avez-vous pris votre tisane ? Je vous ai rapporté de la camomille belge.

Pierre-Charles Roy n'était qu'un sot écrivaillon à qui cette affaire avait valu quelques jours de prison – un traitement mérité, de toute manière.

– Savez-vous qu'il a osé publier un libelle contre moi ? dit bon ami.

– Encore un ? Tant mieux, il augmentera notre collection. Et votre élection, où en est-elle ?

Voltaire consulta sa montre. A l'heure qu'il était, il devait être académicien, il attendait un coursier du Louvre pour ouvrir le champagne.

Au Louvre, les choses n'étaient pas encore si avancées. Des discussions s'étaient engagées à propos du postulant. Or une discussion au sujet de Voltaire ne pouvait se clore en cinq minutes, elle aurait même risqué de tourner au pugilat si l'on n'avait pas été entre gens de bonne compagnie. Les huissiers avaient tout de même fermé les fenêtres pour empêcher les passants d'entendre la fine fleur des lettres s'admonester aux doux noms de « patraque démantibulé », de « dénicheur de fauvettes » et de « vieux manche à gigot ».

Vingt-neuf de ces messieurs étaient venus, tous ceux qui tenaient encore debout et qui n'étaient pas coincés ailleurs, les Fontenelle, les Marivaux, les Montesquieu... Edme Mongin était empêché pour cause de décès. De méchantes langues murmuraient qu'il s'était jeté du haut de la tour Saint-Jacques, mais l'archevêché de Paris avait pris la peine de rétablir la vérité : M. de Bazas avait pieusement glissé de sa chaire alors qu'il répétait son discours pour la canonisation de

Saint Vincent de Paul, dont le texte allait d'ailleurs être imprimé et vendu pour financer les funérailles. Quoi qu'il en soit, c'était encore un fauteuil à pourvoir. Et ils n'étaient pas sortis du problème posé par la vacance du mois précédent !

– Elisez Voltaire, leur conseilla Crébillon, sinon il se présentera au fauteuil de Mongin et nous n'en finirons jamais !

Un adversaire acharné de la philosophie évoqua l'existence d'autres candidats.

– Il y en a d'autres que Voltaire ? dit le directeur de la Bibliothèque royale. Je croyais qu'il les avait tous éliminés !

Il y avait Pierre-Charles Roy, tout juste sorti du cachot où l'avait mené une curieuse affaire à laquelle il avait été mêlé après avoir postulé. Certains académiciens frémirent. Il ne faisait pas bon s'opposer au petit philosophe.

Il fallut bien étudier sérieusement le cas Voltaire.

– Au moins peut-on lui concéder qu'il est intelligent, dit Fontenelle.

– Intelligent si l'on veut, dit Montesquieu.

– Trop intelligent, dit l'archevêque de Sens.

– Il est d'une intelligence qui confine à la bêtise, renchérit Marivaux.

Les ecclésiastiques restaient étrangement silencieux. Où était passée leur hargne contre l'impie, athée, hérétique et pourfendeur des belles institutions chrétiennes de la France ?

Montesquieu trouva enfin l'idée susceptible de les mettre tous d'accord : ils devaient se méfier de la postérité, elle vous jugeait parfois sur des critères inattendus.

– Voltaire n'écrira jamais une bonne histoire. Il est comme ces moines qui n'écrivent pas pour servir le sujet qu'ils traitent mais pour la gloire de leur ordre : Voltaire écrit pour son couvent. Son style n'est pas beau, il n'est que joli. Ses textes sont comme des visages de jeunes gens mal proportionnés mais pleins de vie. Malgré tout cela, s'il serait honteux pour notre Académie que Voltaire en fût, il lui serait un jour honteux qu'il n'en ait pas été.

Ce beau discours fut suivi d'un silence accablé parce qu'il était navrant et parce qu'il était vrai. On vota. Voltaire obtint l'unanimité moins une voix. Les académiciens s'étaient offert une assurance sur l'avenir.

En réalité, il fut impossible de savoir qui avait voté contre lui.

– Elu à l'unanimité ! clama l'heureux élu dans les salons parisiens où il fit sa tournée triomphale.

On s'étonna que ces messieurs se fussent tous mis d'accord sur un nom si controversé, on réclama de voir les bulletins. Un valet du Louvre les avait brûlés. Il avait reçu un pourboire d'un des candidats. Du candidat élu.

Quoi qu'il en soit, il avait au moins obtenu 28 voix sur 29. Il attribuait ce miracle à l'action bienveillante du duc de Richelieu. Même l'évêque que Voltaire avait surnommé « l'âne de Mirepoix » n'avait pas osé s'opposer.

– C'est un miracle ! dit Emilie.

Pour obtenir ce miracle, bon ami avait fait courir le bruit dans les sacristies que les notes de Mme de Tencin étaient en sa possession. Il aurait pu se faire élire primat des Gaules s'il l'avait souhaité.

– J'ai promis de faire un feu de joie de ces papiers pour fêter mon élection !

En fin de comptes, Claudine de Tencin avait tenu ses promesses : elle l'avait aidé à entrer à l'Académie. Même morte, elle conservait une influence considérable.

Emilie avait à son tour une grande nouvelle à annoncer.

– Moi aussi je suis élue ! A l'Institut des sciences de Bologne !

– Merveilleux ! dit Voltaire. C'est très bien pour vous ! Nous devrions organiser une réception pour fêter mon élection et votre institut de Boulogne.

– Bologne, corrigea la savante. C'est en Italie.

– Encore mieux ! Je connais un bon traiteur italien, il nous fera des lasagnes !

CHAPITRE SEIZIÈME

Où l'on assiste au premier cri d'un immortel.

La réception de Voltaire à l'Académie eut lieu deux semaines après le vote, le 9 mai 1746. La cérémonie se tint au Louvre, dans une salle meublée d'une très longue table autour de laquelle pouvait tenir une trentaine d'académiciens – on n'en avait jamais davantage, entre les évêques et les magistrats retenus en province par leurs devoirs et ceux retenus chez eux par la vieillesse. Deux ou trois rangées d'auditeurs restaient debout derrière les dossiers hauts de fauteuils dont ces messieurs n'auraient plus voulu s'ils avaient su qu'on les appellerait un jour des « fauteuils Voltaire ».

Ils attendaient l'élu avec un peu d'appréhension, précisément parce qu'on ne savait jamais à quoi s'attendre. Le voyant entrer, Marivaux murmura :

– Ah, voilà l'original.

– Heureusement que personne n'en a fait de copie, renchérit Montesquieu.

Voltaire s'inclina devant l'assemblée et prit place à table. En plus du remerciement rituel, il avait préparé un petit discours pour la plus grande gloire de la philosophie et de ceux qu'elle faisait vivre.

– Vous voulez dire « de ceux qui la font vivre », corrigea Fontenelle.

Il avait autour de lui les trois gloires de la littérature contemporaine, Fontenelle, Marivaux, Montesquieu. Chacun des trois s'attendait à être cité, ne serait-ce que pour avoir eu la bonté de ne pas mitrailler l'élection du trublion. Voltaire mit en ordre ses papiers et commença par l'éloge.

« Feu M. le président Bouhier cultivait à la fois les sciences et la littérature. Que ceux qui méprisent les belles lettres sont donc à plaindre ! Les ignorants ! Les médiocres ! Les sots ! »

On se demanda s'il n'avait pas confondu son discours avec une plaidoirie contre les libellistes qui attaquaient certains traités.

« M. le président Bouhier était très savant ; mais il ne ressemblait pas à ces érudits insociables et inutiles qui se croient en droit de mépriser leur siècle, et qui n'ont jamais le temps de verser des larmes à nos spectacles. »

Les érudits qu'il avait devant lui se le tinrent pour dit : il ne suffisait pas d'être savant, il fallait aussi applaudir les tragédies de Voltaire.

« En tant que traducteur, M. le président Bouhier n'estimait pas toujours ce qu'il traduisait. C'est un des progrès de la raison humaine dans ce siècle qu'un traducteur ne soit plus idolâtre de l'auteur qu'il traduit. »

Cela expliquait le sort que Voltaire avait fait subir à Shakespeare avec sa version de *Hamlet*. Le portrait du défunt ressemblait de moins en moins au président Bouhier, peint en érudit, en polyglotte, en homme qui avait mis la science à la portée de tous, en conteur, en poète remarquable... Lui qui n'avait jamais rimé deux vers !

– Un homme qui n'a pas hésité à braver les préjugés de son temps pour éclairer l'humanité ! clama Voltaire.

Il fit ensuite l'éloge de Cicéron, dont l'œuvre ne

datait pas d'hier, de Montaigne, de Clément Marot, de Malherbe, tous morts depuis longtemps. Les vivants patientaient sagement. Ils voulaient bien passer après Homère et Dante.

« Après Corneille sont venus, je ne dis pas de plus grands génies, mais de meilleurs écrivains que lui. »

Les admirateurs du *Cid* reçurent un coup au cœur. Le nouvel élu fit enfin allusion à quelques personnages plus contemporains, tous étrangers, dont il jugea inutile de citer les noms. L'inquiétude gagna ceux qui attendaient le leur. Celui du cardinal de Richelieu fit une apparition : il avait fondé cette belle institution et Voltaire avait devant lui son arrière-petit-neveu. Il poursuivit avec l'éloge du duc de Richelieu, son ami, son protecteur, un excellent client de la banque Voltaire.

Au détour d'une phrase, Montesquieu, Marivaux et Fontenelle, qui étaient illustres, l'entendirent flatter Vauvenargues, un inconnu de trente ans qui avait le bon goût de n'avoir rien publié, si bien que l'amitié de Voltaire envers lui n'était entachée d'aucune ombre.

– De qui parle-t-il ? demanda Montesquieu.

– Du marquis de Vauvenargues.

– Qui est-ce donc ?

– Un jeune philosophe en train de mourir dans un grenier.

Pour être loué par Voltaire, il fallait être jeune, inconnu et mourant.

Il prononça ensuite quelques gentillesses sur Crébillon, son voisin de table, triste rimailleur qui occupait la place de censeur royal : c'était lui qui donnait le visa pour jouer les tragédies et, des tragédies, Voltaire avait l'intention d'en écrire beaucoup. Crébillon fut haussé au niveau de Racine.

Suivit un long éloge du Roi Soleil, dont on se

demanda ce qu'il venait faire là. On eut l'impression que Voltaire annonçait la parution de son prochain livre, une étude historique intitulée *Le Siècle de Louis XIV*.

Il conclut sur un éloge outré de Louis XV, qui avait sur Louis XIV l'avantage d'être en vie. Une place de gentilhomme de la chambre s'était libérée, et ce genre de mouche ne s'attrapait pas sans tartiner du miel. Il fit de Louis XV l'égal des empereurs romains Trajan et Marc Aurèle, ce qui valait mieux que Néron ou Caligula. D'ailleurs il avait écrit tout cela dans son poème sur la bataille de Fontenoy, disponible dans toutes les bonnes librairies. Il s'adressait au roi comme si ce dernier était venu entendre le discours : on l'imprimerait, on le lui enverrait.

Et ce fut tout.

Pas un mot des éminents confrères qui s'étaient déplacés. Il ne fallait pas encourager la concurrence, la mauvaise herbe repousse toujours assez bien toute seule. A moins qu'ils n'aient été censés se reconnaître quand il avait parlé de « la décadence du bon goût ». Rien sur son ami Maupertuis, parti se mettre au service du roi de Prusse, un voyage que Versailles considérait comme une trahison. Ce n'était pas Voltaire qui risquait d'aller s'installer à Berlin auprès de Frédéric II ! Ah non !

La gratitude avait sombré dans les préoccupations d'intérêt. Ces messieurs regrettèrent Mme de Tencin, qui savait chapitrer les candidats et prenait soin de leur inculquer des notions de reconnaissance avant de les lâcher sur l'Académie.

– Il a tout de même cité Montesquieu sans le nommer, dit Fontenelle. Il a parlé d'« un génie mâle et rapide, auteur d'un petit livre sur l'empire romain, qui approfondit tout en paraissant tout effleurer. »

Vu la tête que faisait Montesquieu, le destinataire s'était reconnu. Marivaux s'étonna auprès du secrétaire perpétuel.

– Ne lui aviez-vous pas remis un exemple de ce que doit être un discours de remerciement ?

– Si. Et maintenant nous avons un exemple de ce qu'un tel discours ne doit pas être.

– Et dire qu'un jour il sera peut-être plus célèbre que nous ! dit Fontenelle. Voire même l'emblème de notre institution !

Marivaux et Montesquieu lui jetèrent un regard atterré. Pauvre Fontenelle ! Un esprit qui avait été perçant ! Quelle tristesse que la vieillerie ! Ils allaient devoir songer à ajouter au règlement un alinéa sur les académiciens séniles. A quatre-vingt-neuf ans, certains en venaient à proférer des paroles navrantes qui n'étaient pas dignes de leur cénacle. Voltaire, plus célèbre qu'eux ! Voltaire, emblème de leur institution ! Ces hauts personnages ne venaient pas ici pour entendre des propos délirants. Ils avaient eu assez du discours de remerciement.

Le mot fit le tour de la table : « Voltaire, emblème de l'Académie française ! » Elle fit beaucoup rire MM. Girard, Bignon, Hardion, et l'atmosphère se détendit enfin, ce que l'emblème en devenir attribua à sa force de conviction, à la puissance de son verbe, connu pour renverser les forteresses du préjugé et de l'ignorance.

Quel bonheur pour Voltaire ! Il avait toujours pressenti que seule l'Académie lui manquait pour faire l'unanimité autour de lui !

Et si le malheur de la Tencin lui apprenait quelque chose, c'était qu'il ne fallait pas médire de son prochain. Mon Dieu ! Qu'allait-il bien pouvoir faire du reste de sa carrière ?

Clins d'œil historiques

Mme de Tencin, la femme du royaume qui, dans sa politique, remuait le plus de ressorts et à la ville et à la Cour, n'était pour moi qu'une vieille indolente. Elle raisonnait avec moi mes vues et mes espérances et semblait n'avoir dans la tête autre chose que mes soucis. « Malheur, me disait-elle, à qui attend tout de sa plume ! Rien n'est plus casuel. Faites-vous des amies plutôt que des amis, car au moyen des femmes on fait tout ce qu'on veut des hommes, et puis ils sont les uns trop dissipés, les autres trop occupés de leurs intérêts personnels pour ne pas négliger les vôtres, au lieu que les femmes y pensent, ne fût-ce que par oisiveté. Mais de celle que croirez pouvoir vous être utile, gardez-vous bien d'en être autre chose que l'ami ; car entre amants dès qu'il survient des nuages, tout est perdu. Soyez donc auprès d'elle assidu, complaisant, galant même si vous voulez, mais rien de plus. »

Marmontel, *Mémoires*

La littérature française vient de faire une très grande perte par la mort de Mme de Tencin. Cette femme si célèbre passa ses premières années dans l'obscurité du cloître. Elle eut assez de courage pour tenter de rompre des engagements que nous regardons ici comme indissolubles, et assez d'adresse pour y réussir. Rendue au monde, elle s'y fit remarquer par un caractère qui réunissait toutes les extrémités ; audacieuse et timide, ambitieuse et voluptueuse, profonde et frivole, dissimulée et confiante, prodigue et avare ; on était tenté de lui croire tous les vices et toutes les vertus. Elle débuta presque par vouloir gouverner le royaume. M. le duc d'Orléans, qui était alors régent de France, se laissa persuader de la voir, mais il ne la garda que vingt-quatre heures. On a prétendu que ce prince avait redouté ses intrigues, et un vieux courtisan m'a conté que le régent, parlant de Mme de Tencin, avait dit qu'il ne voulait point de maîtresse qui, dans le tête-à-tête, parlait d'affaires.

Baron Grimm, *Correspondance littéraire*

Mme de Tencin fit beaucoup de bruit par son esprit et ses aventures sous le nom de la religieuse Tencin. On ferait un livre de cette créature, qui ne laissa pas de se faire des amis par les charmes de son corps et même plus par ceux de son artificieux esprit. Les Jésuites, le cardinal de Bissy et les plus signalés d'entre les évêques ne lui refusaient rien et cette créature fut constamment le canal le plus assuré de leurs grâces.

Saint-Simon, *Mémoires*

Te passerai-je sous silence,
Sœur de Tencin ?
Monstre enrichi par l'impudence
Et le larcin !
Vestale peu rebelle aux lois
De Cythérée !
Combien méritas-tu de fois
D'être vive brûlée ?

Anonyme, *Chansonnier historique du XVIIIe siècle*

> Vous me permettrez, Madame, de vous dire qu'il s'en faut beaucoup que vous meniez une vie retirée et que vous ne vous mêliez de rien. Il ne suffit pas d'avoir de l'esprit et d'être de bonne compagnie ; et la prudence demande qu'on ne se mêle – et surtout une personne de votre sexe – que des choses qui sont de sa sphère. Le Roi est informé avec certitude que vous ne vous refermez pas dans ces bornes ; et c'est pourquoi je vous prie instamment, comme je l'ai déjà fait, d'éviter tout soupçon et tout prétexte de vous accuser de manquement aux ordres du Roi là-dessus.
>
> Mgr de Fleury, ministre, *Lettre à Mme de Tencin*

Dans son poème intitulé *Le Mondain*, Voltaire avait cité François Massialot, l'auteur du *Cuisinier royal et bourgeois*. Massialot fait partie, au temps de la Régence, des meilleurs cuisiniers de Paris qu'on engage à prix d'or. Dans la première édition de son *Cuisinier royal*, il reproduisait des menus servis chez le Dauphin, chez Monsieur, frère du Roi, ou chez le duc de Chartres, le futur Régent. Massialot restera pour Voltaire une référence. Voltaire engageait des cuisiniers haut de gamme et non des cuisinières. A cette époque, seuls les bourgeois les moins fortunés auraient confié la responsabilité de l'office à une femme. La cuisinière est censée préparer des plats traditionnels et quotidiens, tandis que le cuisinier doit être capable de créer une cuisine inventive d'apparat. En 1745, Voltaire expose les « augustes lois » du « grand art de la nouvelle cuisine » et se montre toujours bien renseigné. La même année, il avait trouvé un moyen astucieux pour que son cuisinier se perfectionne : le fermier général Grimod de La Reynière passant pour un fin gourmet, Voltaire lui demanda que son propre cuisinier soit autorisé à faire un stage chez lui afin d'y recevoir les instructions de son chef.

Christiane Mervaud, *Voltaire à table*

Printed in Great Britain
by Amazon